小船说翻就翻

林宛央
著
LINWANYANG WORKS

文匯出版社

图书在版编目（CIP）数据

小船说翻就翻 / 林宛央著 . -- 上海 : 文汇出版社，2016.7

ISBN 978-7-5496-1763-0

Ⅰ . ①小… Ⅱ . ①林… Ⅲ . ①随笔—作品集—中国—当代 Ⅳ . ① I267.1

中国版本图书馆 CIP 数据核字（2016）第 120200 号

小船说翻就翻

出 版 人 / 桂国强
作　　者 / 林宛央
责任编辑 / 戴　铮
封面装帧 / 阿　赖
出版发行 / 文汇出版社
上海市威海路 755 号
（邮政编码 200041）
经　　销 / 全国新华书店
印刷装订 / 三河市金泰源印务有限公司
版　　次 / 2016 年 7 月第 1 版
印　　次 / 2019 年 1 月第 2 次印刷
开　　本 / 889 × 1194　1/32
字　　数 / 196 千字
印　　张 / 8.5

ISBN 978-7-5496-1763-0
定　价 : 36.80 元

推荐序

心理分析家　石勇

这是一个回归内心的时代。我们的情绪或者被撩起，或者被压抑，缺乏一种内在的力量。林宛央的笔触轻快朴实，进入并抚慰我们的内心。她的文字是坏情绪的释放器。在释放之中，我们触摸到自己，生长出内在强大的力量。

愿大家都有幸福的能力，从不将就！

自序

是谁弄翻了小船？

究竟是谁弄翻了小船？是你？是我？是他？是私心、贪心、利欲熏心啊。

前几天，一个朋友更新了一条朋友圈，说自己变瘦了变美了，随附高清照片一张。发出去之后，她坐等收赞，然，并没有。

另一个朋友对她说，不如你更新一条：手机丢了，求安慰。果不其然，小伙伴们纷纷上线了。朋友备受打击， 360 度无死角感受到了来自“朋友们”深深的恶意。

我最近喜欢跑步，朋友圈里微信运动数据一路飙升，点赞的就那么几个。偶有一天，没出门，运动数据低到可怕，几个从不点赞的“朋友”却给我点了赞。后来我发现，只要我数据比他低的时候，他都会毫不吝啬地伸出小手，给我比个心。

我的玻璃心碎了一地，碎成渣渣，捡都捡不起来。

友谊的小船说翻就翻。为什么呀？因为我们都未曾交付真心。

人，好像一座孤岛，自己走不出去，别人走不进来。在封闭的内心里，渴望有一只小船满载温暖，带我们离开孤岛。后来这只小船真的靠近我们，我们跳上船，同行一段路，却不能同行一辈子。

有一天，她变瘦了，你在胖的路上一去不复返，小船说翻就翻；她更美了，你在丑的路上如入无人之境，小船说翻就翻。

这是我们的私心，每个人都希望自己是最好的，别人最好做那黯淡无光的陪衬。友谊不能长久的秘密是不是因为相比较于别人，我们心里装的全是自己？

“翻船体”大热，微博上有个人说：“全TM在讲友谊的小船，好像你们都有友谊似的。”

哎呀，要给这个小伙伴的机智点一万个赞。我想正是因为生活中太多人并未拥有真正的友谊，我们才如此害怕翻船。

这世界上看似免费的东西，往往是最昂贵的。比如友情、爱情，还有梦想。在磕磕绊绊追求这些东西的时候，我们习惯严于律他，宽于律己。我们常常把维系美好事物的顺序弄颠倒，先要求别人付出，再奉献自己的真心。

可是啊，我一直觉得，所有美好的事物，都是一个相互的过程，我拿一点真情，你拿一点实意，唯有如此，小船才能升华成巨轮，在不安的世界里，稳稳地行进。

作者　林宛央

目录 contents

Chart 1 友情的小船 说翻就翻

爱情的小船说翻就翻

Chart 3 梦想的小船 说翻就翻

让我们荡起友谊的小船，稳稳地行进！

Chart 1 友情的小船说翻就翻

柳岩／比友尽更可怕的，是人性的小船说翻就翻

伴娘事件后，第一个出来道歉的是柳岩，因为她不想失去好朋友。娱乐圈的友情比普通人更玄，友谊的小船说翻就翻。伴娘事件，不过是用醒目的方式提醒我们：中国人群居而离心，小船说翻就翻，因为我们从来没有同心同德。

包贝尔结婚，柳岩火了。网友们说：**一切不尊重当事人的开玩笑，都是在耍流氓。**

闹伴娘的伴郎都在喊冤：今天大喜，我们只是图个热闹，开个玩笑啊。

可是，看热闹的不嫌事大，被热闹的满腹辛酸。明明被耍了，还无从抱怨，要不然就是玩不起。我都替柳岩叫屈：老娘说了要陪你们玩吗？你们玩我的时候，问过我了吗？考虑我了吗？

没人问，没人考虑。因为，伴娘就是用来被调戏的啊。

真不知道这种扯淡的观念是从什么时候开始形成的。

但是，连我那一辈子墨守成规的老爸老妈在曾经某一刻得知我要做伴娘的时候。也曾对我进行夺命连环call，苦口婆心地劝我：别去当伴娘啊，伴娘都是陪玩的，你都不知道那些参加婚宴的男人们，脑子里藏着什么龌龊的想法。婚礼，给了他们一个光明正大调戏女人的机会。

我爸说：“小心被人左拥右抱。”

当然，那时我不信。

哎呀，都是读过书的人，总要讲文明的嘛。所以，我义无反顾地为朋友两肋插刀，还是去当了伴娘。结果，那天，我听到了有生以来最多的高格调带色儿笑话，收到了无数个戳瞎双目的“媚眼”（贼眉鼠眼）。

果然，流氓不可怕，就怕流氓有文化啊。

（人果然还是要听麻麻的话）

但是鉴于我比较污，而且集美貌与才华于一身（我真的不是papi

酱），最终，成功调戏了一帮臭男人，所以他们羞涩地离开了。还好没有友谊，翻不翻船无所谓了。

柳岩比我惨。

第一， 她比我美。第二，她穿的比我少。第三，她比我有名。

所以，她成了伴娘里最容易下手的那一个。贾玲，你懂的。其他伴娘，嗯，惹怒了她们谁知道好不好收场呢。

他们以为柳岩不会怒。因为她走的性感路线啊。

可是，性感就等于放荡吗？

穿的少，就等于不要脸吗？

平常嘻嘻哈哈，就代表真的不在意吗？

又美又性感，就活该不被尊重吗？

我看过柳岩很多访谈节目，她虽然胸大，但绝对不是无脑。她和娱乐圈众多明星保持极好的关系，成为众多屌丝心目中的女神，在《欢乐喜剧人》中，被王宁、大潘双双邀请，靠的不是她的胸，而是智慧与人格。

然而，当她穿着湖蓝色的抹胸礼服，以伴娘的身份站在婚礼现场，他们只记住了她的胸。有几个人能看到，在和新娘包文婧合影时，她把手放在自己的胸前，显然，她并不希望人们过多地把眼光投放在某个点。

她其实是以主持出道，结果因为胸而成名。有人称其为幸运。可是对于胸有大志的人来说，也是一种无奈吧。

她在《煎饼侠》里的眼泪，我相信是真的。那些年的煎熬也许现在也无几人能懂。

舒淇说过，要把脱掉的衣服一件件穿回来。可是很难，人们喜欢贴标签。

一个娱乐圈的工作人员说，以前某次录节目，柳岩穿着普通的衣服到了，但是公司又非让她回去换件性感的，因为她的定位就是性感。没办法，她不得不回去又换了一件才回来。

其实相比唐嫣这种萌甜定位的女星，柳岩这种定义的女星挺心酸的。她和唐嫣一起参加跑男，一个被当成小公举，一个随便开开玩笑无所谓了。

可是，性感是种资本，同样也应该需要尊重。

胸大不是她的错。以为胸大就活该，那是你们有偏见。

当柳岩抱着贾玲的时候，那种恐惧真真切切。毕竟是个女孩子，毕竟还穿着裙子，毕竟还有闪光灯。

可惜，开玩笑的朋友看不到。因为他们的心声和柳岩可不一样。有的也许是图个乐，有的恐怕在看笑话。所以，友谊的小船说翻就翻。

然而我以为，一些事情，究竟是开玩笑，还是戏弄，应该由当事人来表态，而不是其他谁说了算。

视频刚出来的时候，有人说，柳岩不会表态。不，其实她已经表态，只是她不说出来，大家就装傻当作不知道。还能用一句：当事人都没说话，关你屁事。堵住很多人的嘴。

微博上，这件事议论挺热的。最高的呼声是：这是男性对女性的不尊重。

我承认，是不尊重。

但恐怕，不仅仅是对女性的不尊重，更是对人性的不尊重。

人们特别喜欢贴标签，然后把你钉死在道德的十字架上。

把你定义为性感，这样才能撩拨你。
把你定义为卑微，这样才能鄙视你。
把你定义为人渣，这样才能辱骂你。

娱乐了别人，才能爽到自己。

人以群分，就是这么来的啊。

然而，对人性的真正尊重，其实是人以个体分。

柳岩让我想起蒋勋的《孤独六讲》里一个小女孩。

她喜欢超短裙，然而学校规定不让穿。认为那是不美的，放荡的，只有不良少女才会那么穿。

她于是用了一根皮带。在无人看见的时候，把那条长裙子折成短裙，用皮带固定。然后在校门口，微笑着松一松皮带，成为一个好女孩。

这是她的小秘密。也是人性的秘密。

我穿得少，不代表我放荡。
我沉默，不代表我没意见。
我特立独行，不代表我有病。

每一个正在生活的人，都应该被温柔相待。中国人群居而离心，外国人离居而同心，小船说翻就翻，因为我们从来没有同心同德。

友谊的小船，翻于不走心的聊天

“我们聊一聊韩剧吧”，“脑残”，友谊的小船说翻就翻；“我失恋了，你安慰我下吧”，“谁没失过恋”，友谊的小船说翻就翻。很多人说，不会聊天，一聊天就友尽，其实啊，你不是不会聊天，你只是没放下你的盔甲，去拥抱他的软肋。

聊天是一件特别艺术的事儿。当然也好玩儿。

我一大学同学，成绩挺烂，但老师特别喜欢他。放言说他靠一张嘴，就能走遍天下。

为什么？因为会聊天。

我喜欢郭德纲也是这个理由，他能把聊天聊成艺术。想让你舒服就让你舒服，想恶心你就恶心你。

你会聊天吗？曾经一度，我非常不会聊天。

1. 不懂请闭嘴，聊天请留白

某次，和老公买二手房。房东是个看起来 50 来岁的大叔，我们约好在物业见面，他来的时候带了一个 8 岁左右的小姑娘。

四个人面面相觑，总觉得尴尬。

我先开了口：“呀，这小姑娘真漂亮，是您的孙女吗？”

“是我女儿。”

好尴尬啊（请自行百度大潘的表情）。

老公一见，立马打了个岔。

“看您是开车来的，住的地方离这不太近吧，真是麻烦您了。”

他连连摆手说“不麻烦，不麻烦，就住在 ****。”

我一听，又来劲儿了。

“啊，我知道那个地方，就在七里屯（一个城中村）那一片儿对吧。”

大叔没吱声。

老公说，“我记得那里有个 ****（别墅区名），你住一期还是二期？”

大叔笑了，和老公聊得热火朝天。然后，我收到一条微信。老公说：“如果不懂，尽量少说哈。”你看，聊个天，我把自己逼进了死路。

生活中这样的事情非常多。

你刚开口说榴莲，他说好恶心哦。你说起某个明星，他说那个贱货。你说最近有部韩剧，他说看韩剧是脑残。还有一次我领导说起了二婚，我立马说二婚的男人是垃圾。

然后他顿了一下，说，我就是个二婚。

还能聊下去吗？显然不能。

所以啊，适当的时候懂得闭嘴，听对方把话说完。人家和你说起一件事情，没准是想表达喜欢，你却抢着投了个反对票，你以为自己聪明机灵反应快，人家看你像个没教养的弱智。

视觉艺术里，有句专业术语：留白。

聊天也是，你要学会留白。借用朋友的一句话：懂得闭嘴是

教养。

2. 要安慰，请走心

生活中，求安慰的经历必不可少。

大学时，一个舍友失恋了，来找我聊天，说失恋了好难过。那时候，我和我现在的老公恰好也处于分手期，我说别难过，我给你讲讲我的失恋吧。

“打住！林宛央，我不是来和你比惨的。真是聊不下去。”我们友谊的小船说翻就翻。

她把她的失恋讲给了另一个舍友听。那个舍友安安静静地听她讲完了经过，给了她一个拥抱，后来她们成了很好的朋友。

当然，现在我们都是闺密。

她们告诉我说：学会倾听别人，比急着讲述自己来得更真诚。好朋友之间，多点真诚，少点套路。你连我的故事都没听完，就急着去安慰，是不是太不走心？

这个批评我接受。

我老公之前找工作的时候，频频遭打击。斗志昂扬去，垂头丧气归。

听到他叹气，我就说："没事，你这么优秀，不要你是他们的损失。"

每回听完，他表示更郁闷。

"都这么优秀了，人家也不要。你这不是安慰我，是在刺激我吧。"

后来有一次，我也面试失败，他学着我的语气说了句一模一样的话，我一听，果然很郁闷。

"你怎么不问问我，面试时发生了什么？你怎么不鼓励我，总结经验，接受教训？"

"是啊，我也想问你，为什么？"

后来，我把这个问题抛给了一个心理学大师。

他说，不如你回答：也许你没拿出最好的状态，你本身可以有更好的表现，你有想过下一次怎么办吗？

老公说："对啊，其实我就是很想和你聊聊这次的表现，下次的改进。可是你一句话就让人失去了聊下去的兴趣。也是够牛了。"

这句讽刺我也接受。

卡耐基在《人性的弱点》中说：做一个善于倾听的人，鼓励别人谈论他们自己，这是让别人喜欢你的方式之一。

其实，人都喜欢把重点放在自身之上。别人来找你安慰，是希望你的目光能专注于他，而不是听你随随便便一句夸赞。当你在聊天的时候，能够摒弃“我”的思想，站在他的角度，往往你会得到认可。友谊的小船才不会翻掉。

一个出版界的大牛，我的伯乐告诉我说：没人想听你讲你的故事，他们想听你讲他们的故事。

聊天啊，聊的全是情商。聊得好的都是明白人。

所以啊，要安慰，请走心，别流于表面，走进他的内心听一听。他的心，没那么难猜，答案都在他的聊天中，如果你真的愿意听，不急于给个泛泛的安慰借以表现自己的善良，相信你们也会从泛泛之交变成交心挚友。

想一想，很多时候，你的安慰是不是太刻意了点？

3. 会聊天，就是心里装着别人

今年做了公众号之后，常常在后台收到读者的留言。有些读者，聊着聊着就成了朋友，聊得最多的是感情问题。姑娘们会在失恋、离婚之后，来寻求帮助。

我经历过三个聊得比较长的，大概都是十几天吧。我没有一开口就给她们说方法，也没说我能给她们提供什么帮助。只是在那十几个晚上，陪她们聊她们想聊的。我渐渐发现，其实她们并不需要我的帮助，在她们开口之前，她们心里已经有了自己的想法，她们更期待的是找一个可能会认同她们的人，给她们一些支持。

比如，我偶尔说一句，这样会不会不太好。她们会说：是啊，可是……然后讲了很多很多道理，希望我说一句：也对。

这个时候，我不太会唱反调，我会说，照你想的做，更多时候，人跌倒了才能再站起来。

生活中，当别人来向我们倾诉的时候，我们更容易扮演一个去解决问题的角色。其实，他更多的是想倾诉自己，我们要做的是让他打开出口，把积怨倒出去。不知道你有没有发现，当你给他一个建议的时候，他很可能并不采用。

其实啊，别人未必需要我们的帮助。你看似真心的帮助，也许只会让他却步，同时增加自己的烦恼和负担。

人一生很难永远走在阳光下，有时就会掉进黑洞。别人的劝说不过是趴在洞口陪着说话，让身处黑暗中的人没那么害怕，但想从

洞里爬出来，往往还是靠自己。

聊天中，我们只需当一个合格的树洞。

这就是咪蒙和papi酱大火的原因。她们理解了每一个“你”的情绪，她们的吐槽里没有“我”，只有“你”。

会聊天，其实就是心里装着别人。我想，这是友谊的小船不会翻于聊天中的秘诀吧。

孙俪 / 没有毫无道理的成功，只有随随便便的翻船

这世上从没有随随便便的成功，更没有毫无道理的横空出世，梦想是脚踏实地的，和眼泪相关的，梦想的小船，说翻就翻，因为你懒，你放弃，你迷茫。

时光可以湮灭容颜，当然还有梦想。

早在很多年前，孙俪是电视剧《情深深雨蒙蒙》里一个连正脸都瞧不见的舞蹈演员。2003 年拍摄《玉观音》的时候，她的片酬一集低到只有 5000 元。因《玉观音》成名，她后来努力拍了很多好的电视剧。拍《甄嬛传》的时候，她一集的片酬涨到 30 万。

2015 年，孙俪拍摄《芈月传》，一集的片酬已是天价 85 万。

和她合作过的演员接受采访时说，孙俪异常勤奋认真。孙俪说她感

动的却是蔡少芬，拍摄《甄嬛传》的时候，她刚怀孕，为了诠释好角色，她不听任何人的劝导，跪地几个小时，和陈建斌老师演对手戏。

很少有人能想象，除了拍《玉观音》的时候休息过三个月，孙俪几乎没有一天好好休息过。每天半夜三更背剧本，同时还要照顾邓超的生活。

这样的人，不红都难。

和身边的好友聊起这些明星，感慨她们辛酸难言。一个姑娘说，一集给我 85 万，什么辛酸我都接受。

其实错了。我们习惯把梦想实现的顺序弄颠倒，不是因为一集 85 万，所以背剧本，而是因为坚持背剧本，所以一集 85 万。

别埋怨，别不忿，这世上，真的没有什么成功是随随便便的。你不拼命，永远没有机会。

我是一个重度懒癌患者。

作为一个女人，我永远不会放弃一个梦想：A4 腰，网红脸，马甲线。然而，最近我发现自己长得越来越丑了。

A4 腰算什么？我的赘肉可以让 A4 纸反过来。网红脸，多俗啊，我是 2B 脸，马甲线太弱了，我是长城长。

不想被丑肆虐，我发誓要减肥。然而仰卧起坐，只有仰卧没起坐。慢跑只有慢，没有跑，游泳只有泳，没有游。

因为懒，梦想的小船，就这么说翻就翻了。

想起袁姗姗，早年一直被人嫌弃的她，戏内认真，戏外泡在健身房，每天数小时的运动量，让她有了 A4 腰，有了马甲线，还可以反手摸肚脐。她成了宅男女神，再也不被人嘲笑“滚出娱乐圈”。

梦想的逆袭，道理就是这么简单。今天你对梦想懒，明天梦想对你懒。

每一个梦想变美的姑娘，请治好你的懒癌。

杨澜说：没有人有义务通过你邋遢的外表，发现你优秀的内在。在这个看脸的世界，懒丑的代价，就是失去世界。

前几天，一朋友和我说，他准备放弃梦想了。他从初中开始学习画画，一直梦想成为一名优秀的画家，开办个人画展，现在他决定回到小城，过简单的生活。

他放弃时那难受的样子，让我有瞬间震动。那天晚上我抛给了读者群一个问题：你们的梦想实现了吗？

一时间，群里炸了。

“我的梦想是成为中国首富，现在一个叫马云的替我实现了。”

“我的梦想是当个演员，可是你看我现在胖得连眼都看不见。”

“我的梦想是当个飞行师，现在只能坐飞机时才能想到飞机的样子。”

……

长久的沉默，大家都有些许惆怅。

过了很久，一个读者说：人最痛苦的事情，是我本可以，但却没有。

那天之后，我突然就明白了为什么我们要努力实现梦想，因为不想有遗憾，为什么又放弃梦想，因为坚持太难了。

可是，最好的路，从来都是最难走的。

1999 年创办阿里巴巴的马云，考重点小学失败，考重点中学失败，考大学考了三年，还好始终没放弃。

梦想是要脚踏实地的，是和眼泪相关的，不哭过长夜的人，不足以谈梦想。

1996年，已经成名的杨澜，怀着一个孩子，念了哥伦比亚大学的硕士学位，做了一档节目《杨澜视线》，怀着孕尚且用命去拼，只是为着一个梦想：做高端访谈电视节目。

她最终成功了。

这世上根本就没有毫无道理的横空出世，他与她梦想的实现，也许正是因为比我们多坚持了一点。

当我们不能坚持，不拼到无能无力，梦想的航空母舰便说沉就沉了。

有段时间，朋友圈很流行一句话：你不优秀，认识谁都没用。乍一听，很有道理。这句话的初衷是好的，鼓励每个人都要非常努力，因为当你足够闪耀，自然有人来找你。

然而我觉得，有时候你认识的人真的对你很有用，你觉得他没用，不过是他不能为你所用。我一直认为，在成功的道路上，人脉必不可少。我所谓的人脉，不一定要很牛掰，但他能在关键时刻，让你坚持下去。**重要的根本不是你认识了谁，而是你认识的人能让你成为谁。**

比如赵薇，年少成名，而后挫折，如果不是有人在黑暗中拉了她一把，现在一切也许略有不同。

初中时候，发现自己喜欢文字。当时的班主任语文老师非常支持，常常用自己的钱购买一些书籍送给我，并帮我把文章发在当地的报纸，讲真，如果没有她的信赖、帮助与指引，文字这条路我早就放弃了。那时候我物理很差，老师又冷嘲热讽，后来我的物理就再也没有考出好成绩。

我们容易走进死胡同，认为你必须很厉害，才会有人帮助你，或者只要有贵人相助，你就能变得很厉害。然而这两者从来不矛盾，梦想要有，背后为你指点迷津的人也要有。

误入歧途，梦想的小船说翻就翻。

最初的梦想要戴上隐形的翅膀，才能带你飞过绝境。梦想一定要有，哪怕最终没实现，至少也曾真真切切。我们一路急功近利，忘了给梦想一个臂膀，我不要你感叹我本可以，我要你说我很可以。

少点套路，多点真诚，荡起友谊的小船

你约他，他拒绝，等他有空，有求于你，友谊的小船说翻就翻；你发个坏心情，他非给你点赞，友谊的小船说翻就翻，你说我美吧，她露出蒙娜丽莎谜之微笑，友谊的小船片甲不留。来，让我们荡起双桨，友谊的小船推开波浪，人与人之间，少点套路，多点真诚，少点虚头巴脑，多点温暖踏实。

微博上有个传言，说杨幂和刘诗诗从最好的闺密走到了最淡的路人。很多人感叹时光一去，两境各迁。我想也许她们依旧亲密如初，只是不欲与人言。

流言纷扰下，总有一些世事无常。

我一朋友以前有个特别好的闺密。两个人小学同班，初中同级，高中同校，大学也商量好去了同一个学校念。

毕业后，我朋友越混越好，从一个三流公司的小职员，变成了一流公司的人事主管。而她的那个朋友，毕业后早早嫁人，一开始在城市打拼，后来又回到老家，日子过得越来越清贫。

因为穷，戾气渐重，家庭关系也愈发不和睦。前一阵，我这个朋友结婚，给她闺密发微信，闺密问了她将嫁老公的情况之后，不再吱声。结婚前几天，她再给闺密发微信，发现自己已经被拉黑了。

朋友从别人那里要了闺密最新的电话，问为什么？

她说：既然你过得那么好，就没必要让我知道了吧。

朋友心中顿觉凉寒：从前你不是一直说，希望我过得很好么？

朋友的闺密挂了电话。此后她们不再联系。

你可以过得好，但不能过得比我好。谁说爱情要势均力敌，友情也很现实的好吗。你过得那么好，友情的小船一歪掉，说翻就翻。

借钱是一件特别尴尬的事情。

前些年买房子的时候，因为还差一点钱，准备向朋友借。老公拦住我说算了。借钱这种事情，最容易伤了和气，搞不好友谊的小船说翻就翻了，不值当。

心里是不太相信的。朋友不就是用来麻烦的吗？

为了夫妻的小船不能说翻就翻，我最终放弃借钱。老公很得意：你看能用信用卡搞定的事情靠人干吗啊？

前几天，一个朋友管我借钱。身边其他人都劝我别借，说她在为他男友借钱，而她男友，不靠谱。

我很为难。不借吧，友情的小船说翻就翻，借了吧，估计还是要翻。我还是把钱借给了她，但从此以后她对我不再像从前那般亲密。还钱的时间到了，我既不好意思让她还，又担心不还了我该怎么办。

人一旦有利益往来，友情往往不容易单纯。身边两个非常好的男闺密，以前各自工作，去年开始合伙做生意，赔了互相埋怨对方，赚了，还是埋怨对方：为什么分给我的钱没你多？

后来生意完蛋，两人散伙。

家门口有个酒店，刚开业的时候我在里面办了张卡，钱没用完，公司关门了，整顿一个月又开门了。周而复始，一年折腾了好几回。后来，钱用完了，我让老公充钱去。

他说：算了，这酒店是几个朋友合伙开的，因为利益问题，天天干仗，他们友情的小船说翻就翻，你的钱说打水漂就打了水漂。仔细一想，真是那么回事。《小时代》里友情时代尽，互撕时代启，何尝不是这个道理。

友情这件事情，共苦的时候和谐，同甘的时候就分裂。利益无关时共生，利益纠葛时独活。所以啊，友谊的小船装上钱，说翻就翻。

这几天有个读者和我聊天（加我的时候这么说，听说你可以陪聊？我可以加你微信吗？宝宝，我是好心帮读者解疑答惑，不是什么“陪”啊）。

她说认识十多年的小伙伴把她拉黑了。

我立马问：你犯了什么弥天大错。

她说：也没什么大错啊，她说她特别喜欢吴亦凡，我就说了句脑残。

我愣了几秒。然后发了个崩溃的表情，回她说：你竟然攻击人家爱豆？这个错误还真够弥天的，简直比孙猴子大闹天宫还严重。

她冷哼了几声：至于吗？不就是说了她粉丝几句吗？

不不不，亲爱的，你不是在否定她的爱豆，你是在否定她的价值观啊。

身边有很多因为小事而绝交的好朋友。人家找个男朋友，你嫌low，人家追星，你嫌弱智，人家兴冲冲逛淘宝，你说廉价。她不搭理你，明显是在告诉你，绝交啦！

就像这个读者，自己也好奇究竟为什么？难道好朋友之间就不能相互质疑，说点真话，指出缺点，共同进步吗？能能能，可是追星是缺点吗？逛淘宝是缺点吗？别装了，不过是你不喜欢这种生活罢了。没有对比，就没有伤害，你把自己作为女神模板，看人家处处不顺眼，老实讲，友谊的小船早该翻了。

所以，亲爱的读者宝宝，你根本就是希望好朋友同步复制你的审美观爱情观价值观啊。

想一想，你们每一次争吵，是不是都始于你自以为是的评价？我们为什么不喜欢别人指手画脚，不就是因为谁都不想被掌控吗？

我们对陌生人宽容，对亲人苛刻，是因为我们都不希望，最爱的人也高高地凌驾于自己之上。

这世间的每一项事物都在建立联系，正如这世间的每一项感情，都是在用一颗真心，穿针引线。

友谊的小船说翻就翻，是因为我们在世俗缭绕中，渐渐丢失了那颗真心，转而用所谓的物质、利益、得失来建立彼此的联系。可是啊，唯有真心向着同一个方向，彼此忍耐，彼此扶持，才能拨开迷雾，抵达彼岸。

如果你的人生中，友谊的小船说翻就翻了。不如找一找，人生初见时那颗真心。

那个读者说：我决定给我的朋友道歉，希望她能原谅我的自私。

几天后，她说，过程那么险，结局那么美。

我说，亲爱的，我们都是偏执狂，渴望友情，期待真心，却因芥蒂渐行渐远。

当我们独自在穿山越岭的另一边，我知道孤独没有尽头。当我们汲汲营营低头赶路，忘了给身边的人一个拥抱。

冷漠拉远了距离，友情无声无息沉默海底。一辈子有多少个来不及，我不要你感叹人情无常，我只要你等我在时光的原处。

人生小船
行走于尊重之间

你太矫情了，友谊的小船说翻就翻；你这人怎么和别人不一样，友谊的小船说翻就翻；你蹲着等地铁，吃饭吧唧嘴，友谊的小船说翻就翻。其实啊，你真的没必要好为人师，好朋友是要相互体谅的，不是让你用来纠错的。

人长大了，好像也没什么特别的好处，除了领会一些从前不屑一顾的经验以及变得“好为人师”。

换句话说，开始喜欢对别人指手画脚。

看不惯女孩子吸烟、喝酒、动不动爆粗口。看不惯男孩子吹牛、撩妹、没事就瞎嘚瑟。可是，凭什么呀？他们并不需要我的喜欢。

每次我妈教训我，必以一句“我吃过的盐比你走过的路还多”开头。

小时候，觉得这句话任何一个长辈来讲都天衣无缝，所以从来也没敢反驳。

可是，现在，谁让我对我的小辈们讲这句话，打死我，我也不愿意。

根本就毫无逻辑，不是吗？我吃着 90 后的盐，他走着 00 后的路，不在同一维度的经验，讲了也白讲。

你的人生和别人的人生，根本就是一个点发射出去的不同光线，轨迹各有不同，他凭什么必须重复你的失败与伟大？

同事小艾最近就被所谓的经验烦透了。

其实，本来是件挺开心的事：她怀孕了。然而一夜之间，她成了众矢之的。从前受欢迎的女同事小艾变成了最讨人厌的孕妈小艾。哎，友谊的小船说翻就翻啊。

今天这个说："怀孕了不起啊，看她那娇滴滴的样儿，又不是我让她怀孕的，凭什么事事都让着她？"

明天那个说："我最烦怀了孕就把自己当回事的人，这个不吃，那个不能做，我怀孕的时候，怎么没像她这么事事儿的。"

小伙伴们纷纷上线了，一个个像被烧了毛的猴子，而小艾看起来

像个拿了火把的罪魁祸首。

可其实，她什么也没做。

怨声鼎沸，不过都是为着一些细节罢了。

比如，一起吃饭，有人推荐了一款美食，大家纷纷说好，小艾摇头拒绝，说里面有些东西孕妇不能吃，那人当时就脸有愠色，说自己怀孕的时候，想吃什么吃什么，不也没怎么着?

比如，某天小艾把报告发给了一个男同事，拜托他打印一份，有人就在她身后嘀咕：怕辐射干脆就别上班了。

连平时公司里很少议论是非的 sara 姐，也说小艾是娇气了点。

站在自身的角度，去衡量别人的事情，凭借既有的经验，去判别事物的对错，哪怕道德标准立得再高，还是容易走入一个误区：别人都没如何如何，就她搞特殊，那么她一定是不正确的。

然而，别人根本就不是小艾啊。

因为体质的原因，她已经流产了两个宝宝，这一次，医生特别嘱咐：一切都要注意。

她小心一点，有什么错吗?

也许，别人说的都是真的，也许别人的经验也都是宝贵的。然而那对小艾来说并不适用。有些人怀宝宝、生宝宝都很顺利，但也有些人，想当一次妈妈，都不能如愿。

每个人都生活在不同的风景里，也许你的安稳又静好，而她的，动荡且破碎。

因为环境不同，每个人获取的经验也必不相同。很多时候，我们并不需要别人的理解，但千万，别拿你的经验，为我的人生盖棺定论。

我不需要指手画脚，我只需要一份尊重。

如果可以，我希望当你备好了所有词汇，决定骂我的时候，能不能问我一句："为什么要这么做？"

也许那个时候，你会明白，背后的故事和你看到的完全不一样，而真相早已淹没在流言蜚语中。

小艾让我想起了那个在地铁等车时，蹲在地上的姑娘。

她也一样压根就没做什么伤害别人的事情，就凭空成了各大媒体的热门。被千千万万个不认识的人指责没教养。民众喜欢站队。

"我穿着高跟鞋，跑了一天这么累，也没蹲着啊，多不雅观。"

“现在的小姑娘，怎么都这样了，随随便便蹲着多难看。”

是，我相信一定有一些姑娘是这样的：行走坐看，样样都极为优雅。但也有一些姑娘，有点糙，有点爷们儿。

既然你们谁都没碍着谁，她没跳起来指着你鼻子骂你“装白莲”，你又凭什么，鼻子一哼，说她“没教养。”

再者，退一万步讲，哪怕社会明确规定：蹲着就是没教养。为什么，我们不能先想一想那个女孩子干吗要蹲在那里？

我们习惯了先以自己的经验来判断，所以犯了“好为人师”的臭毛病。

和我想的不一样，错的，先批评。

和我做的不一样，还是错的，继续批评。

可是，你的人生有你的道理，别人的人生也有别人的意义。

从来没什么对错，只有不同。

每个人的生活经历和态度都不一样，千万不要拿自己的标准衡量别人。我相信，你也一定不希望你身边的朋友拿他的标准来衡量你。

尊重，从来都是相互的。

不要动辄就对别人的生活指手画脚。
哪怕你是长辈，是好朋友，是成功者。
但你永远是你，而我永远是我。

山有峰顶，海有彼岸，树有枝丫。人，生而于世，各有苦衷。下一次，当我们忍不住，对别人指手画脚的时候，问问自己凭什么？你要知道，尊重是友谊最舒服的状态。

刘诗诗 / 人生从来没有风平浪静，独立是最好的航向标

亦舒说，作为女性，要争取经济独立。诚然，但比经济独立更让人击节赞赏的是精神独立。一个精神独立的女人，内心藏着一个实现自我的梦想，从不逃避，永不妥协。

近来，《女医明妃传》热播，本来是拒绝看的。实在是被《芈月传》这种酥到骨头里的神剧吓蒙圈了。

无奈最近重温《明朝那些事儿》，刚好看到明英宗朱祁镇这一节，想着作个对比，看看历史怎么个“被”野法。便于饭间无聊时刻，抽空看了会儿。

依旧有篡改历史的嫌疑，仍然落入三角虐恋的窠臼。但，并无爆棚的玛丽苏感。和一众虚无到不知所云，瞎扯到人神共愤的电视剧相比，至少，《女医明妃传》尚有可取之处。

我罕见地在古装电视剧中，看到了女性意识的正确觉醒。那个极度热衷于医学，以悬壶济世为梦想的谈允贤，在严苛女性的程朱理学世道中，孜孜汲汲，亦步亦趋地追寻着自己的理想。

既无畏流言蜚语，亦不惧纲常伦理。

甚至，面对爱情，她也有自己独到的理解。当成为医者和成为王妃不能兼得之时，我犹记得，她兀自坚定地对师父刘院判说："允贤宁可终身不嫁。"

这句话，他们皆以笑话来论。然，唯允贤知道，这是她对医道的致敬，是在心底对梦想的承诺。

她从来没把学医当玩笑，当消遣，亦或当笼络人心的手段。

一直以来，能让她坚持走下去的是热爱，是一颗悬壶济世的自由仁心。

父亲的禁足，没能让她止步，世人的唾弃，没能让她退缩，即使是她心心念念的朱祁钰，都不能让她卸下梦想。

当别的女孩子舞点金钗溜，闲时拈花嗅，遥闻笙箫起的时候。她闭步于绣楼，推开一扇窗，站于楼上，靠着侍女的传话，诊治疑难杂症。

隔壁，哪个闺秀人家，又写了一手蝇头小楷，孤芳自赏。她忽然记起，她也有一手漂亮的字，可她来不及伤秋悲月，一张张白纸黑字，凝结着少女的良善之心，变成一张张药方，医好了天下女人心。

允贤说，她自小生活在北疆。

也许，北疆干燥凛冽的气候，剽悍豪爽的民风，更容易培养起一个女孩子坚韧不拔，潇洒不羁的性格。所以，她成不了京城里那些行规礼矩的闺秀，她们是精致的，赏心悦目的，是礼仪规范中的秩序守候者。

而她，更像是一个背叛者，朝着世道的相反方向走去，泥浆裹足，流言满身。她是画家笔下的粗线条，是筚路蓝缕中的风雨承载者。

生活、世俗、爱情、名声、地位……她有一百个放弃的理由，只要她愿意，别人欣羡的一切，她都唾手可得。

然而，只有一个理由，就那么一个理由，允贤便丢弃不了铁皮石斛、女贞子、当归……

那个理由，是梦想照进现实的喜悦，是她恍然间发现，身为女医，她可以做的不是只有宽衣解带，不是只有相夫教子。她还可以堂堂正正和男人比肩而立，共看世间浩大，用尽天下的药石，挽救生命的疾苦。

爱情的甜蜜与落寞，终究会尘归尘，土归土。独立的延伸性，却有着无限的可能。

很多年以后，没有人会记得郕王妃怎样艳若桃李，温驯如兽。但，那些细心编写的药膳方子，精心总结的行医心得，于世界辽阔间，沿着光的方向，发散到每一个角落，落入人心。

这便是梦想和善意的力量。

很多古装电视剧中的善良姑娘，都有着玛丽苏的即视感。谈允贤在我心里是个意外。

她的善良来得那么自然，也许和她的职业相关，医者本当仁心。

但更重要的是谈允贤这种姑娘的善良，有着自己的原则和鲜明的个性。她怜悲苦无依之人，对充满敌意之人毫不示弱。她并非盲从之辈。推己及人，她都有一颗独立的心。

那种独立，并非一种证明，更非一种野心。她没有颠覆时代认知的初衷，亦从无宣示女权主义的目的，更没想过凭己之力改变世界。她所言所为，都很简单，听从自己内心的声音。

这是我喜欢的女性独立。

没那么复杂，喜欢什么就去做，有做好一件事情的意愿，更有

做好一件事情的决心和能力。把能做的事情做到极致，始终清楚内心闪耀，不被纸醉金迷、爱恨纠葛冲刷洗净，在内心深处留一束微光，无畏前行。

因为无忘初心，所以方得始终。这样独立绽放的姿态，才是一个女人最美丽的样子。

比起《甄嬛传》《芈月传》等等所谓的励志传奇大剧，并未标榜励志的《女医明妃传》真正道出了女性独立的意义。

从不认为芈月是独立的，虽然她最终权势熏天，但终其一生，她都流浪在男人的边缘。而那个貌似平凡，连自身生死都无从顾及的谈允贤，始终流浪在自己的内心。好也罢，坏也罢，她不用桎梏在男女之间狭小的天地。

像风一样，离开；像根一样，留下。只要她愿意，她都可以。

真正的独立，从来不是你得到了多少，而是在追梦的路上，你能做的有多少。真正的女性独立，不是流浪在男人身边，而后功成名就，而是流浪在自己的内心，哪怕微如草芥。

想起李清照，那个骄傲地留存于青史，令须眉亦汗颜的女子。一支妙笔，写尽悲欢与家国。当第一任丈夫赵明诚离世，她独自撑起一个家族。当发现第二任丈夫是个人渣，她宁担入狱之险，也要以妻告夫，解除婚姻。她最终留给世人的身份，不是某某某夫人，而是千古第一女词人。

想起班昭、谢道韫、蔡文姬、班婕妤……

那些在历史的长河中，熠熠生辉，突破男尊女卑的界限，跻身史书的女性。

她们被当时的人珍重，被现世的人钟爱。最重要的不是倾国容貌，而是她们有一颗独立的初心。

并不轻易向命运低头，向男人折腰。

人生的起承转合，像足了一出戏。

上苍未必公平，但后来的后来，命运却不偏袒任何一个人。我们每个人都得到过一颗糖，又被给过一巴掌。

最初，我们都想过要走一条怎样的路。只是，在命运的颠沛流离中，当世俗的巴掌落下之时，有的人选择了缴械投降，和命运妥协，依附了现实，从此，梦想的小船说翻就翻了。

而真正独立的女人，从不逃避，永不妥协。她接受命运接二连三的掌掴，坚定地站起来，最终活成了想象中的样子。

其实，你真的用不着害怕，往前走几步，一切就都成了过去。当然，我知道那不容易。

谈允贤说：也许我们很快死在这里，但在这之前，我们要好好活着。

在我们这个时代，女性的经济独立，已经不是什么难事，难的是精神独立。

有些女性，自己已经能赚很多的钱，却依旧独立不起来，比如曾经的阮玲玉。究其原因，是她不敢相信，自己一个人也能活得很好。

想独立，就认真“任性”地去生活吧，培养自己的爱好，开阔自己的眼界和心胸，真正去做一些自己喜欢的事情，如果可以，把喜欢的，做到极致，就像你曾经极致地喜欢一个男人一样。

流浪在自己的内心，你终将活出个人样，流浪在男人的身边，谁知道某一天会不会活成个鬼样子？

胡歌／孤独与破碎，是成长的必修课

人生，是需要孤独的，你要学会和自己孤独相处。人与人之间，需要静度时光。太喧嚣的环境，就像惊涛骇浪，让人忘掉初心，迷失方向，小船说翻就翻了。

往年秋冬，不穿秋裤，不能出门，2015年秋冬，穿不穿秋裤无所谓，但不看《琅琊榜》，几乎已经不能出门了。

和闺密去逛街，东一句“苏哥哥”，西一句“小殊”，我夹在中间，一头雾水。不过是十一长假度了个假，我就已经与社会脱轨了吗？

更恐怖的是连我亲妈也罕见地在微信上发了个“大哭”的表情，因为《琅琊榜》要大结局了。

这种上逮老，下抓小，全民追剧的情形，上一次大概是18年前的“格格”（细思极恐）。

除了满屏的花式虐心以及剧组处处可见的用心，在这一部年度谋权大剧中，我嗅到了浓烈的孤独感与破碎感。

没有一个人是不孤独的，没有一种成长是不破碎的。

第二十六集，言豫津送别萧景睿，梅长苏远远地站在亭台中，凄惶地说了那么一句：“世间有多少好朋友，年龄相仿，志趣相投，原本可以一辈子莫逆相交，可谁会料到旦夕惊变，从此天涯路远。”

于是我第N次为这部剧呜咽难言。

何止是好朋友？成长的旦夕惊变里，只怕我们与最初的自己也是天涯路远。

王凯说：“都说我们琅琊榜是部谋权剧，呵呵，其实我们还是一部颜值、动作（此处一定要有顿号）、爱情片。”

于我而言，《琅琊榜》的意义不止于此，它更是一部理想片，不，准确地说，是一个关于理想破碎之后，重塑理想的故事。

而，追逐理想，必然是孤独的。

Part 1　梅长苏

我们都是孤独的，因为我们始终无法学会和自己妥协

“遥映人间冰雪样，暗香幽浮曲临江，遍识天下英雄路，俯首江左有梅郎”。琅琊阁中的声名鹊起，是梅长苏孤独的开始。

他号称江左盟主，可号令天下英雄。万人簇拥，九死不悔。他有江湖最好的医师，却无人能解他心头之孤。梅岭一役，若不是背负七万将士的冤屈清白，若不是秉承父之遗志，只怕便不会有后来的梅长苏。

“小殊，活下去，为了赤焰军。”

由是，他活下来，指点江山，搅动风云，成为天下人的“苏先生”。却不是小殊心目中那个耀眼明亮的金陵少年了。

人人以他为尊，他以自己为耻。第十一集，除掉礼部之时，梅长苏在炭火旁懊恼地对黎纲说：“你知道我这双手，也是挽过大弓，降过烈马的，可现在也只能在这阴诡地狱里搅弄风云了。”

选定靖王时，他说：“这些痛苦和罪孽，靖王承受不了，就让我来背负。那些阴暗，沾满鲜血的事，就让我来做！”

言语之间的自伤自弃，自卑自鄙，被胡歌拿捏得恰到好处。

然而，路却不能停。他筹谋了十三年，孤独地将一条难于上青天的路走了十三年。别提醒我说他的身边还有一众风雨同舟的小伙伴，甄平、黎纲、霓凰、蒙挚、飞流……是的，他们喜欢他，支持他，依赖他，然而他们风华正茂，盛年如锦，怎会真正理解，徘徊在生死破碎边缘的他，又怎么能理解肩负七万英魂的重与痛。

人来人往，千山万水，失去了初时的自己，永生孤独。

蒙挚和景琰都期待长苏变回林殊，长苏又何尝不是呢？然而终究不能，他心中可以有天下人，唯独不能有自己。一旦有了自己，这条路也就到了尽头。

可内心深处，他又那样那样地期待得遇熟悉之人，在他们身边做回片刻的小殊。

十三年后初遇霓凰，梅长苏掀起帘子，小殊看了很久。

梅长苏有很多机会入金陵，但选择景睿，是小殊内心的渴望。

第二集，太皇太后一声“小殊”，几近让长苏崩溃，只能握紧霓凰的手。

春猎之季，长苏对豫津说：“还记得你小时候是谁教的你骑马射箭吗？”小豫津答：“林殊哥哥。”那一刻，我泪奔了，长苏，你是不是也泪奔了。

十二集，霓凰一声“林殊哥哥”。

十四集，霓凰又一揖万福礼。观众早已被虐成狗。

四十五集，偶遇聂锋，长苏第一次以林殊的身份自称，他说：“聂大哥，我是小殊啊。”

其实，他从来没有放弃过成为小殊的渴望，那渴望极其强烈，强烈到无人可以理解，所以，世人有多喜欢梅长苏，他便有多讨厌梅长苏。

或许，芸芸众生也是如此，心里藏着纯净的林殊，却为了不得不实现的目的，无奈地做着梅长苏。

我一直有个猜测，也许梅长苏内心深处无比地感谢最后那一场战争，那一场战争给了他一个契机，让他做回了挥斥方遒，金甲披身的耀眼少年林殊。终于，再一次，他不用蝇营狗苟，算计人心，而是作为一个战士，淋漓尽致地让生命绽放金戈铁马的光辉。

我喜欢蔺晨说：“我不认识林殊，我千方百计让他活下来的那个朋友不是林殊。”

我喜欢霓凰说：“其实在很多人眼里，他重回京城，已经变成了

另一个人，可是在我心里，他永远是金陵城内最明亮的那个少年，永远有着一颗九死不悔的赤子之心。”

然而，梅长苏终究不喜欢，所以他对霓凰躲避，对宫羽疏远，和所有人保持若即若离的关系，更加不愿意让景琰知道他的身份，因为他允许景琰讨厌梅长苏，却无法容忍景琰轻看林殊，他对蔺晨说：“我要回去，回去赤焰军当年的战场，那才是属于我的地方。你总说你不认识林殊，我相信，你在认识他之后，一定不会失望的。”

孤独的人都较真，他们始终无法学会和自己妥协。所以特别令人敬佩。

没有人能阻挡长苏到林殊的回归。

《琅琊榜》播完后，很多人吐槽结局不够圆满，为什么梅长苏一定要死。可是在我心里，这样的结局恰到好处。

不是梅长苏一定要死，而是梅长苏一定要回归林殊。

就好比，不管我们在外漂泊隐忍了多久，终有一天，我们还是要回家的。悲哀的是，几乎没人回得去。

梅长苏说：“虽然我的容貌完全变了，可我依然是林家的儿子。”

梅长苏说：“这不是放弃，而是选择，我已经当了整整十三年的梅长苏，如果到最后，我可以回到林殊的结局……那对我来说是一件幸事。”

是啊，何其幸哉！有多人能在红尘涤荡后，回到最初。

殊途同归，这是最好的结局，也是最好的梅长苏。唯有回归的梅长苏才能完成理想的重塑，无关赤焰，只关自己。

哪怕付出生命代价，也要把握此心，不忘初衷。苏哥哥，我们只想告诉你，成为梅长苏一点都不丢人，因为此心不变，你一直都是金陵城最耀眼的公子。

Part 2　萧景琰

因为要坚持那个特别的自己，所以我们变成最孤独的人

曾经，我以为孤独是可耻的，然而看完《琅琊榜》，我发现，不孤独，才是可耻的。

太热闹，是因为太迎合。太合群，是因为太委曲求全。

如果，琅琊阁弄个排名：江湖最“独”榜，那么第一名，不是蔺晨就是萧景琰。

但如果，琅琊阁再弄个排名：江湖最“暖”榜，我还是会给萧景

琰投一票。多奇怪，两种最南辕北辙的体质，巧妙地出现在同一人身上。

微博上曾经有个热门话题：“想和靖王一起滚床单，今夜我们都是靖王妃”。可是我能说，作为货真价实的妹子一枚，最初，我是相当不喜欢萧景琰的吗？

一出场，多拽啊！一张俊脸拉得贼长，对谁都没有好颜色，看谁都别有心机，哪个皇子都不愿意和他亲近。

高冷、孤僻、清傲，执拗、自以为是……

讲真，如果不是电视剧中一再强调，他和小殊是最好的朋友，是祁王最疼爱的弟弟，我都怀疑，他是不是压根就没什么好朋友。

独来独往，被金陵遗忘，被父皇遗忘，而景琰说他早已习惯了。其实，不是习惯，我觉得萧景琰是天生皇帝命，相当耐得住寂寞。

和林殊被迫变成梅长苏不一样，萧景琰是孤独体质。即使没有梅岭血案，在金陵城里，他也不会深得皇帝宠爱。三五成群，结党营私的事情他不做，拍拍皇帝马屁，他又不屑。他几乎不在乎任何人的看法，即使身边挚友。他只坚持做自己认为大义、诚信之事，不能一丝苟且。

这个人有点精神洁癖。

有人问梅长苏，为什么选择景琰，他又耿直，又顽固。

梅长苏说：“这些，现在是景琰的缺点，但等他上位后，这些都会变成他的优点。”

一开始，我并不特别理解。

剧组这个伏笔埋得真是太长，直到第五十三集，我才能体会梅长苏的深意。

还记得梁帝与梅长苏的对话吗？

梁帝说:“并非朕生来无情，只要坐在这把龙椅上，人自然是会变的。你记着，无论景琰现在什么样，当他坐上了这个位子，他也是会变的。”

梅长苏回答他：“陛下迷失在至尊之位，失了本心，但也不是人人皆会如此。”

在他看来，那个会不一样的人，便是景琰吧。人人都以为，梅长苏选定萧景琰，只是因为他同为祁王旧人，可以站在相同的立场，为赤焰军翻案。其实不止，选定景琰，更因为了解，知道那头“水牛”，执着坚定，不轻易为权利功名改变初衷，不会像他的父皇一样，一朝得势，便翻脸不认人。

有时候，我也会怀疑，萧景琰真的能永远守住那赤子初心吗，那高高在上的皇权，真的凉寒不了他自以为是的一腔热血？可是，后来我又想明白了，纵使不能恒久，他也应该是守得最久的。

梁帝对高湛说：“你知道他不是我最优秀的儿子。”

是的，萧景琰不是打江山的最佳人选，却是守江山的最佳人选。

梅岭一役，改变了很多人的人生与心性。

活泼的霓凰消失了，金陵多了个不让须眉的巾帼英雄，那些绕床弄青梅，执手挂廊灯的轻快时光，一并再见了。

温柔的夏冬不见了，金陵城多了个冷面无私的悬镜司女掌使，那些秉烛添香，相看无厌的新婚时光，一并冰封了。

潇洒的言阙不见了，金陵城多了个礼佛炼药的言侯爷，那些兄弟无阋，君臣坦诚的激扬时光，一剑封喉了。

唯独没有变的，是萧景琰。该说的话照说，该做的事照做，该坚持的心性依然坚持。

明知不能替赤焰军求情，依然求。明知不能救卫峥，依然选择救。

他不知道何为明哲保身，自扫屋瓦。

这是萧景琰最大的优点。

择可为之事而为，是为聪明。明知不可为而为之，固然愚笨，但方为英雄。

性格是把双刃剑。

萧景琰不招人待见的性子，在人群里显得极为孤独，因为多数人喜欢聪明人。

然而，相反的，**因为他孤独，所以他暖。**

萧景琰清高“愚笨”的坚持，会让人们在感叹世态炎凉，人心凉薄之时，看到一丝人性的善意。而就是那一点雪中炭的善意，会让无数落魄过的能人，誓死追随。

做一个孤独的人，没有什么可耻的。因为孤独而温暖的我们，都是萧景琰，在世人皆醒我独醉的浊世里，雪中送炭。

Part 3 言豫津与萧景睿
成长是破碎的，无畏孤独，才能守住本心

追《琅琊榜》的过程中，一直有人问我，剧中你最喜欢的人是谁？

现在，重要的事情我只说一遍，当然是言豫津，还有萧景睿。

前者看似天真贪玩，实则通透潇洒。后者淡然宽厚，隐有江湖

侠义。

写他们中的任何一个，我都不愿分开写。这对剧中萌化了众生的好基友，正如景睿所说，谁也甩不掉谁。

萧景睿很不幸，但同时又很幸运，两个疼爱他的母亲，一众关心他的亲人，即使是不择手段的谢玉，对他也不算坏。而在这所有的幸运里，我以为，最幸运的是他拥有言豫津这样的好朋友。

此文立意孤独，但我仍要说，孤独这个词和二十五集以前的萧景睿半毛钱关系也没有。

与最崇拜的先生同居一宅，和最要好的朋友快意江湖，有最疼爱自己的双亲，有和睦的弟弟担当家庭重任，在莅阳长公主的保护下，他身处金陵中心，却是距离风暴最远的一个人。

那是怎样羡煞众生的大好时光啊！

相较之下，言豫津的成长，要孤独了很多，母亲早逝，父亲心死，他一个人去寻觅世间的快乐。连大年夜和父亲吃个饭，都是奢侈。这种境遇放在一般人身上，只会自怨自艾，郁郁寡欢，难得的是小豫津那份潇洒与气度。

深掩内心失落，抬首跃马扬鞭。

这是我喜欢言豫津的原因，不是他不孤独，而是他无畏孤独，因此更无畏风浪。

十四集以前，我羡慕言豫津，以为他是个不谙世事，放浪形骸的“富二代”，十四集以后，我却心疼言豫津，大雪覆额，他一拱手，对梅长苏说：“朝局难测，我们大家的命运又会如何，都难以预料，但是唯有把握此心而已。”那一句话，梅长苏会心颔首，我忍不住落泪了。

能做的，唯有把握此心而已。可是难做的，也是把握此心而已。

豫津不是不谙世事，只怕是深谙世事。内心深处，风云早已涌动千番，暗自平息之后，才能有这般通透。

看破不说破，通世不入世，知人不评人，观心不猜心。

真是聪明又清朗。

二十五集后的萧景睿，人生急转直下，从笑着，变成了笑话。那种关于身世的无力之感，只怕无人能体会。这世间，所有事情，都是因果循环，让他最不孤独的是亲人，让他孤立无援的，仍是亲人。他的幸与不幸，起源都是身世。

捅他一刀又一刀的，全是至亲。

无人可恨，唯有伤了自己，是为孤独。

所幸，还有言豫津。

“你能不能别说话，让他静一静。”

“变了又怎么样，我们不是一直都在变吗？我只希望我们的情谊不变。”

豫津，给你点赞，世间最动人的“情话”，无非如此。

所幸，还有一颗心，足够柔软、宽厚。

离别之际，他对梅长苏说：“我之所以这么待你，是因为我愿意，若能因此换回同样的诚心，固然可嘉，如若没有，我也没什么可后悔的。”

不以他人得失，衡量自身得失。

这是景睿的豁达，也是景睿的善良。

所以，萧景睿和言豫津纵然也曾满身风雨，却毫无沧桑之感。

在《琅琊榜》沉郁到令人压抑的色调中，他们二人的友情与心性，明快得让人觉得纯粹、清明、满足。

在这部《琅琊榜》中，甚至，在这个世界中，成长的过程都必然是破碎的，是一次狼狈的翻船。它打破原有的格局，碎掉所有的信念，让你对时代产生质疑。

然而，成长的结果，又必然是重塑。

塑造的过程中，有的人失却了本心，有的人失却了美德。

不可思议的是，《琅琊榜》中以赤焰军为信念，和梅长苏坚定站在一起的，最终都守住了本心。

这很难，应该说，是个梦，是个理想。梁帝说：“林燮曾经想要的朝局，他想要的那个天下……永远都没有人能够给他的。”其实，我很怕，他会一语成谶。但是我又想做一个梦，一个关于理想，关于时代的琅琊一梦。

何必计较？你的稳定从不低人一等

你比我胖哎，友谊的小船说翻就翻；你没我美，友谊的小船说翻就翻，你比我 low，友谊的小船说翻就翻。

你有没有发现，好朋友之间最忌讳比较，最排斥自视甚高，你可以过得很好，但别鄙视别人的人生。

某一天，从长途跋涉，奔徙千里处归来，卸下一身疲惫，融进阳台摇椅的舒适与日光的抚慰。忍不住感叹了一句：真特么舒服啊。转过头，看见自家男人专注地看着《动物世界》（搞不懂男人的兴趣点），阳光在他脸上折出好看的棱角（他一直强调是人好看）。

心里忽然觉得温暖极了：生活，一直这样稳定下去多好。没有风雨兼程，没有筚路蓝缕，不用未雨绸缪，不用居安思危。

就这样一卷书，一杯茶，一双人，一生欢喜。

和朋友说起这些小愿想，她说：“可以啊，人为什么要满身风雨一直走，停下来，也许阳光早已满了窗前。”

我笑：“你不知道最近网络大热的‘你所谓的稳定’吗？”她亦笑，倒了一杯温水给我。

“我知道啊，可是，我所谓的稳定，也有自己的态度啊。就像你喜欢温水，我喜欢咖啡，只有喜好之别，并无对错高低之分。”

你所谓的不稳定和我所谓的稳定，只是一种生活方式对另一种生活方式，没有哪一种应该有爆棚的优越感。

我渴望稳定错了吗？

我渴望在某个本应岁月静好的日子里，一抬头，发现自己正活在想象的安定中，错了吗？

我渴望不用去到千里之外，留在父母身边，忙时埋头，闲时散步，过白云悠然的日子，错了吗？

你拥有奥迪与迪奥，觉得很炫很自豪，我拥有一盒奥利奥也真的觉得很满足啊。

你漂泊在外，拍拍电影写写字，觉得文艺大气逼格高，我在自己

的格子间办公室，兢兢业业，脚踏实地，默默为大中华冲入发达国家贡献绵薄之力，也没什么丢份儿啊。

我们都在以自己的方式，努力地把生活推进下去。

为什么，我就成了浪费生命？

为什么，我就成了稳定地穷着？

为什么，我就成了甘于平庸？

为什么，我就成了懦弱逃避？

生命有它自己的图案，千姿百态，每一样都值得尊重。

你可以选择你的追求，但你真的不能把你的价值观凌驾于他人之上。

如果我们都不稳定，拼了命去过你们所谓的那种人生，先不说世界雷同如此，毫无趣味。

讲真，我们都去当英雄了，谁坐在路边给你鼓掌？我们都那么优秀了，你还哪里来的优越感？

我喜欢任性地活着。

不用A告诉你应当如何，不用B洗脑我必须如此。我的每一步都有自己的态度，我的每一句都有自己的观点。

人和人是不同的，很多时候选择走的路也不会相同。

我的朋友中，有很多是新闻系和中文系毕业的。小A是其中一个。

当年她从西北某重点大学毕业后，选择了回家乡的小城，在当地的出版机构，做着很多人觉得枯燥的工作。

同学们都觉得不理解。她在大学也算出类拔萃之人，专业成绩名列前茅，文学修养也好，她的专业课教授认为她敏感的新闻嗅觉非常适合继续深造，并明确告诉她，应当先考研，再去应聘《南方周末》。

这个想法从她脑海中浮过，停留了一个春天的时间，她觉得有只风筝从心田飞过。

那只风筝是小A的男友，和她一样，新闻学院的高才生。他对小A说，我们一起考复旦大学的研究生，将来一起进《南方周末》。小A放弃了，小A的男友，在那个暑期过后，成了复旦大学的一名研究生。

后来，你们知道了。因为，没什么后来了。

两年后，小A和男友分手。他走前，对小A说，我们不是一类人，你喜欢稳定，我有更高的追求，你喜欢待在一个地方，我喜欢四处游荡。

分手，并非最伤心的事情。

小A说，真正刺痛她的，是男友的最后一句话："我当初是有多么眼光短浅，才看得上你这种不思进取，毫无理想的人。"

他把他去往大城市，追求新鲜刺激的人生定义为有理想的人生。把小A留在家乡小城恬淡自如的生活，定义为庸俗的人生。

这样的男人是有多狭隘，是有多自以为是啊。后来，他们连朋友也没得做，小船说翻就翻了。

我一直以为，每个人都有自己的理想状态，理想根本不能成为一个人的优越感。

世有万象，人有千面。

有些人，一直很努力，一直在改变，一直在突破自己，一直在追求所谓的不稳定，这当然非常好。

也有些人，生来不喜竞争，不喜变化，安于在一个熟悉的地方，过一份简单自持的生活，为什么就不可以呢？

前者与后者，只有价值观的不同，没有价值的不同，每一种都是在积极地参与生命，并非稳定了就是在浪费生命。

浪费生命的可以是懒惰，可以是忽略健康……但稳定绝不能列入其列。

我身边也有很多朋友和同学，在毕业以后，选择了进入体制内，他们恋爱、结婚、生孩子，过日子，和很多普通人一样，在自己的朋友圈里晒娃，晒宠物，晒老公，晒美食，晒风景。他们踏遍千山万水，有一千零一夜也说不完的故事。

他们稳定地过着我想通过不稳定来实现的人生。如果这样，我还说他们浪费生命，是不是也太过分点了呢。

2012年，我大学毕业，削尖了脑袋，要往大城市挤。我对姐姐说："我要去过风一样的日子。"

她说：希望那阵风永远是暖风。不要似剪刀。哼，小船说翻就翻。

怎么可能呢？后来那阵风，还是像剪刀，剪断我曾经不知天高地厚的理想。

我仍然不愿意回到小城，我对姐姐说，像你这样做个公务员有什么意思，每天把生命浪费在无聊的喝茶、看报以及虚与委蛇之上。

她不生气，也没和我辩白谁的人生更值得推崇，小船就万幸没翻。

家里除了我，剩下的人都很稳定。他们未必理解我的漂泊感从何而生，我亦未必理解他们的安逸究竟有何意义。

但是姐姐说过一句话：每一种生活自有它的道理。

一生永远在拼搏，去往更远的远方。未必好，也未必不好。

一生流浪在熟悉的地图，过着千篇一律的人生，也没什么可惜的。

相比较做个英雄或女王，成为一个快乐的路人，更是一种勇气。

所以，我后来不再评价任何人的人生。

那些现在很稳定的，也许他们曾经很努力，所以现在他们有资格停下来，看天上云卷云舒，听细雨敲打窗扉。又或者，有人替他们食尽人间烟火，所以他们可以随心所欲，选择最舒适的状态。也有可能，他们就是喜欢这样慢节奏的人生，钱少钱多，心无挂碍。

人，活着是为了什么？每个人都有自己的答案。

稳定或不稳定，这是一道选择题，并非一道是非题。

疲惫生活中的英雄梦想，和疲惫生活中的平凡梦想，都是梦想。每一种选择都应当被尊重，也应当被包容。不能包容的结果，是失去。

抱怨
是最可怕的传染病

没错，抱怨是种病，会摧毁你的生活系统，让小船说翻就翻。治愈这种病的药，是乐观的心态以及积极的行动。愿我们，不治愈，就自愈，和抱怨 saygoodbye。

闺密“仙人掌”是朋友圈里极有时尚感的大女人，因为性格耿直，为人泼辣，被我们送了个“仙人掌”的外号。

谁知道，生了孩子不过一年，便直接从辣妹跌入“事儿妈”的深渊。穿衣品味大不如从前就不说了，整个人的状态看起来也显得疲惫倦怠。

有很长一段时间，我都不太敢和她聊天。因为一开口全是抱怨。

“我老公这个人太愚孝了，什么都听他妈妈的。”

“唉，我告诉你啊，婆婆，绝对是世界上最虚伪的人，婚前那个嘴甜，婚后那个嘴脸。”

“我都搞不明白，一个大男人，对事业一点上进心都没有，还有什么脸待在家里，婚前，没发现他这么混啊。”

那个时候，我刚结婚没多久，本来也有点恐婚，听她这么念叨，我总觉得我已经一脚踏进地狱了。实在按捺不住那种恐慌，有一次吃饭时，我连连对“仙人掌”姑娘摆手：“对不起，我肚子痛，先回家了啊。”

落荒而逃的后果是，“仙人掌”姑娘一个人吃完了双人牛排加餐后水果，边打嗝边为这顿不快乐的午餐埋了单。然后，友谊的小船说翻就翻了。

很长一段时间，“仙人掌”都没搭理我。也是嘛，本来想找个人大吐苦水，结果刚撩起袖子，准备大战一场，对方却怂了，只能硬生生咽下已到嗓子边的口水，要我，我也生气。

最后，还是“仙人掌”大气。在电话里把我大骂了一顿之后，又重归于好。这回我再恐慌，也不敢挂了她的电话。她在电话里家长里短地唠了大半天之后，突如其来地问了我一句：

“央央，我是不是抱怨得太多了，我老公说我现在就像个怨妇。”

“某个人告诉我说，这是病，得治。”

她听后，哈哈大笑。

“那像我这样的重症患者，是不是要开颅换个脑子啊，央央，能不能给我找个手术刀很快的医生。”

我喜欢她这样的自嘲，懂得自嘲的姑娘，不会病到无药可医。

她还是找到了那个动手很快的医生，一刀病除。那个医生就是她自己，这世上，还有谁能比自己对自己下手更狠。

长时间的抱怨，仙人掌和老公之间渐渐有了距离。离得远了以后，她开始明白，其实，并非他婚前婚后相差甚远，而是生活焦虑的她，看什么都不顺眼。

她强迫自己调整心态，把之前用来吵架的多余时间，放在了健身读书、照顾熊孩子之上，因为瑜伽练得好，她又兼职当了瑜伽老师。不仅人看起来变得光芒四射，连钞票也大把大把地多了起来。孩儿妈的努力，让孩儿爸既感动又骄傲，只能更努力地跟上她的步伐。

就这样，仙人掌又从“事儿妈”升格成了“带刺的玫瑰”，妖娆美丽，爽利泼辣。现在，很少听到她再抱怨家庭矛盾了，她最常说的话是：“抱怨是种病，有种，你闭嘴啊。”

中国这么多考驾照的人，倒霉如我，又笨拙如我的，恐怕没有几个。第一次考科目二，等了大半天，车管所的网络出现问题，取消当天考试。第二次去考场，奇迹般地重演了第一幕。好不容易考过科二，到了科三的时候，我却因为自己忘打转向灯，挂科了。

出考场的那一刻，我有点欲哭无泪，对着来接我的某人，连珠炮般地抱怨了一大通。什么运气不好啦，监考官偏心啦，系统出错啦……他凝重地看了我一眼，非常严肃地告诉我："抱怨是种病，你知道吗？"

我很郑重地点头，然后一脸认真地问他："那你有药吗？"

我看到他嘴角抽搐了一下，那是想笑，又硬生生憋住笑的抽搐。我想他一定在心里骂了句："傻 X。"所以，我做好了被他"教训"的准备。然而，在我毫无防备的刹那，他坚定地说了声："有。"

"有什么？"我问。

"有药啊。"

就这样，我被他塞到了车里，一路飞奔，来到了他们公司的地下停车场。停车场本来就大，又只对周边几个大公司的职工开放，加上是上班时间，所以很空旷。

他并没有把车停在相应的停车位里，而是开到地下二层，靠边停

了下来，然后对我说：“下车。”我紧紧地用双臂抱紧自己，声音颤抖地问道：“你想干吗？劫色没有，要命一条。”他无语地翻了个白眼：“你自己老公，用得着对你劫色吗？下来给我练车。”

慑于他的淫威，整个下午，我都在这个停车场里左转、右转、掉头，加速。不要以为跟自己的老公学车是一件甜蜜的事情，教练最多骂骂我，他却敢揍我。这个不对，揍！那个不对，揍！

我保证，那一瞬间，我恨这个男人。然而很快，我发现，我开起车来，没那么手忙脚乱了。我问他：“这就是你的药？”他笑笑，不置可否。

没过多久，我通过了科三考试。其实，这一次，我遇到的路况并不比上一次简单，但因为练得多了，所以人也自信了点，对于很多情况，便也能从容应对了。教练说我这一次，心态好了很多。

其实不是。

所谓的好心态，不过是因为有充足的准备。所谓的不抱怨，不过是因为具备解决麻烦的能力。

没错，抱怨是种病，会摧毁你的生活系统，让小船说翻就翻。治愈这种病的药，是乐观的心态以及积极的行动。愿我们，不治愈，就自愈，和抱怨 saygoodbye。

Chart 2 爱情的小船说翻就翻

宋仲基／爱情这艘船，最要紧是势均力敌

爱情不是终日彼此对视，而是互相瞭望远方。就像站在快速飞驰的船头，你们要锁定方向，各有职责，小船才不会说翻就翻。

每个周四，是亿万女人嗨爆的日子。

什么，你说为什么？因为，又可以追《太阳的后裔》了啊。

我一向不爱看韩剧。总觉得像是白日梦，树立的爱情观常常是不对等的虐恋，看多了，觉得自己像个傻白甜。所以，即使前两年大热的《星你》我也一点都没看。

看《太阳的后裔》，源于一个好友的极力推荐。

她说：“我有某网会员，你看吧。”

我说："不看不看。"

她说："宋仲基帅一脸，你看吧。"

我说："不看不看，帅炸天，也不是我老公。"

她说："一个特种兵爱上一个医生，多么牛逼的爱情啊，你看吧。"

就这样，我入了坑。

首先，我声明，绝不是迷上宋仲基的脸和肱二头肌。

呸，才怪。

好了好了，安慰一下各位颜控。宋欧巴很帅，乔妹也很美。

但真正让我守着电脑去追剧，而不是在网络看动态图的原因是：我喜欢这样的爱情，我认同这样的价值观。

就像两位大神编剧说的那样："我的剧谁来演都会火。"

是的，姜暮烟与柳时镇的人生，才是一切核心，乔妹和宋仲基的颜，是锦上添花。

终于，有一部韩剧，女的不是傻白甜，男的不是公子哥。还好，还好，

它没有落入富家男爱上灰姑娘的窠臼。

那样的爱情，早过时了。

在女人把自身成长看得比爱情更重要的时代，我们不需要一个富家男来满足可笑的自卑与虚荣。光芒万丈的不是男人，也是女人啊。

你是特种兵？哼，有什么了不起的，我还是最好医院里的招牌医生呢。

1. 我喜欢直接燎烈的爱情

《太阳的后裔》中，爱情的表达方式，甚合我意啊。

前几天，一个妹妹还问我来着：“喜欢一个人，是该暗恋呢，还是先暧昧一段时间？”

我说，你傻啊。

喜欢就上啊，搞什么暗恋，玩什么暧昧。暗恋太累了，暧昧没意思。爱一个人的正确表达方式，难道不是直接告诉他：“嘿，这里有一个光芒万丈的好姑娘。”

你看，仲基欧巴多么拉轰。一见钟情就算了，剧情没超过二十分钟就表白：“医生的话，应该没有男朋友吧，因为太忙。”

我们乔妹当然毫不示弱，立马跟上：“军人的话，应该也没女朋友吧，因为太苦。”

剩下的什么都不用说了。

直接开约啊，当然他们的确也这么干了。

后来，有段时间，彼此太忙，都没有见到对方。柳时镇问姜暮烟：“想我了吗？”

她说：想了。

然后立马就问：你想我了吗。

他的回答是：当然。

我简直要爱死了。妈妈呀，哪里找这种一点都不矫情的人呢？

看他们谈恋爱，过瘾到死，既不装腔作势，也不造作扭捏。

这种简单粗暴的方式，才符合现代人的爱情观好吗？

就连他们在第二集的简短分手，也是那么爽利痛快。

姜暮烟谈起柳时镇的工作，觉得一切并非期待中的样子。虽有惆怅，但她仍然果断起身，离开了这个她心动过的男子。

喜欢了就在一起，当发现彼此的价值观并不能很好地统一在一起，便勇敢说再见。

姜暮烟不像那些犹疑的女子，表白时怕拒绝，分手时又怕伤害对方。于是推三阻四，于是欲语还休，用一切可能的方法，让分手看起来不那么难堪。

结果，恰恰很难堪。

你自以为是地顾及了别人的面子，也许外人看来，你只是放不下你的圣母光环。最终，拖泥带水，搞得大家都很累。

在爱情这件事情上，直接比委婉更有力量，委婉比直接更容易伤到人。

毕竟明“贱”易防，暗剑难躲。你懂的啊。

喜欢就表白，不爱就拉黑。一切都简单一些，不是更好吗？

如果你用心，你会发现，今时不同往日。现在的社会，发自内心的直接，比故作优雅的含蓄，更让人激赏。生活已经很疲惫了，很多事情，我们不想再猜了，不如我们坦诚点。

省时，省力，省心。

如果爱情，要再给生活加一道名曰“累”的枷锁，请放我一条生路。从始至终，我喜欢直接的爱情。

2. 我喜欢的爱情，是共同瞭望远方

我一直在想，为什么《太阳的后裔》男女主角的设定，一个是医生，一个是军人。

全世界最忙的两个职业，随时待命，说走就走。

一段爱情故事，安放在最没时间谈恋爱的两个人身上。

怎么谈呢？我很好奇。

我见过最多的爱情是你陪我变老，我陪你长大。

我见过最浓烈的爱情，是一日不见，如隔三秋。

虽然秦观说：两情若是长久时，又岂在朝朝暮暮。但大部分的爱情的确是朝朝暮暮的。

姜暮烟和柳时镇（猫了个咪，名字都这么好听）是个例外。他们俩都没时间朝朝暮暮，甚至约个会，都要看老天的心情。

第一次约会，柳时镇去医院找姜暮烟，很不巧，那天有个重症病人，他眼睁睁看她从眼前过去，却无法留下她。唯有尽己之力，帮她把病人推进手术室。然后，微微一笑便走人。在晚上闲聊时，开玩笑说医生放了病人的鸽子。

第二次约会，唉，也只不过是见了一面而已，甚至，差点没见到。恐怕没有比这更短暂的约会了，仅仅是一辆直升机降落的时间。

第三次，第四次……

不说了，说多了都是泪。欧巴和乔妹，你们真的准备把全世界的鸽子都放完吗？

这种恋爱，放置于很多小情侣之上，恐怕早谈崩了，因为真的不像恋爱啊，连电话都少得可怜。想起自己年少时，若是小男友把我丢在电影院，丢在天台，真是恨不能一脚把他踹下去。

他们却并无斥责对方的意思。

因为明白身不由己。

因为知道，有比爱情更重要的事情等待他们去完成。

和他们一比，我们的爱情多么小家子气，多么没劲儿啊。

《太阳的后裔》让我相信，真正的爱情根本不是形影不离，而是各自过好各自的生活：你不在，我独饮笑红尘，你来了，我醉笑陪君三千场。

这才是霸气任性的爱情啊。

哪有那么多叽叽歪歪，别别扭扭啊。

狭隘的爱情，是把对方当成全世界，为之步步为营，蝇营狗苟，最终机关算尽，赢了世界丢了自己。

但美好的爱情，是在各自的世界里独树一帜，你是海洋我是大地，我们在一起便是一片新大陆。生机盎然，柳暗花明。

两个人在一起，总要有个几十年。天天腻歪，总有生厌的一天，日日情话缠绵，到底能把自己恶心死。不如，享受离别，珍惜团聚。

经营好自己，是为了更好地回来。

最好的我们，早晚会相遇。

《小王子》说：爱情不是终日彼此对视，爱情是共同瞭望远方。

所以，在乌鲁克，当柳时镇抬手敬礼，姜暮烟把手放在心口，他们共同瞭望无尽头的远方。

我相信，他们不会彼此束缚，只会一起走向更远的世界。

3. 我喜欢你看不惯我，又干不掉我的样子

我特别喜欢姜暮烟面对看不惯的人的时候，那种拽屁的态度。

唉，终于有一个电视剧的女主角，不那么玛丽苏，不那么假大空了。

电视剧的江湖中，白莲教已经一统天下很多年了。是时候，该我们这种野草独霸天下了。

面对旧情敌，乔妹一点都不示弱，上来就冷嘲热讽。这才是正常的态度好不好，有几个女人被抢了男人，还能真的表现出优雅、矜持、大度，毫不介意。如果真有这种看起来完美得不真实的女人，那可能是真的不真实。

看不惯你，我就手撕你，没时间和你假惺惺。我的善良、耐心，闪闪发光的美德，要留给值得的人。

面对上司的恃强凌弱，乔妹的态度也是赞爆了呢。我把你当男神看，尊重你，才去赴你的约，结果你只是想和我约泡？既然你这么随便，我只能随便找个东西把你揍一顿了。得罪你又怎么样，最多你把我弄到乌鲁克去打炮，没关系，反正那里还有欧巴等着我。

急了，我随时可以撂挑子不干。

乔妹说：反正前一阵上电视节目成为了招牌医生，积累的资源够多了，自立门户分分钟的事情。

这才是一个女人真正的本事，谁也不靠，就把钱给挣了，人给收了。不用假惺惺地仗着谁的宠爱，大言不惭地说：我原谅你了。

干吗要原谅别人的错误？错了就必须要改啊。

那个讨人厌的医生说："瞧你乐的，简直不知廉耻，还好意思说自己是医生。"乔妹既没有悲伤，也毫不沮丧，从容地把脸色甩回去："你是你老爸的女儿。我不在手术室因为忙，你是因为没本事。我才替补你一次，你就被人炒了鱿鱼。"

好一记漂亮的回旋踢。乔妹，请收下本姑娘的膝盖。

但是，我知道，这样漂亮的回应，是因为她有漂亮的本事。一个女人的底气，从来不在声音的高低，而在能力的强弱。

各位亲爱的编剧，如果你看到了这里，我想说，我们真的不是讨

厌正能量，也不是拒绝真善美，我们只是讨厌矫情，厌恶装逼。明明女主什么本事都没有，就会一傻，二笑，三卖萌，凭什么男人就要围着她转，我们的眼睛真的不瞎，前几天，还去做了矫正手术呢，你们安的什么心，我们懂。

对不起，这样的白莲花我们真的爱不起。我要是女二号，也想费尽心思弄死她。为啥？因为，你们也太不尊重那些低调努力的女孩子了吧。

请给我们一个踏实、认真、爽朗、真诚，不矫情、很独立，懂得进击，亦懂得防守的女一号吧。这样的姑娘，别说男人围着她转，我们也想围着她转啊。

可是，真的别在自恋地拿一些明明什么都不会，却硬又说自己很可爱的女一号来糊弄我们了，我们真的不傻，时代进步了，女性看剧的眼光也在进步呢。啊，如果，还可以再提一点要求的话，那就请你们，让男的个个会撩妹，女的全部赛天仙吧。食色，性也。

乔妹围着头纱在乌鲁克抬头看天的一幕，不要太美，简直就要被我一直女掰弯了。

我妹看了一眼，不以为然。放心吧，宋仲基秒秒钟把你再掰直了。

一心一意，
才配做爱情掌舵人

爱情是一艘双人船，最重要的是平衡，人太多太少都会沉没。爱情是艘年久失修的船，需要经营、维护，我们不必彼此目视，我们要共同眺望远方。如果爱沉入海底，我不要你怕，我要你爱。

这世间，比云峰轻雾更缥缈的大概就是爱情，比海市蜃楼更虚无的大概亦是爱情。遥远的歌声唱：千年修得同船渡。

时光越走越时髦，爱情越走越快速。现在人的爱情，更像是一夜风流之后，同驾一条快艇，探索未知的新鲜。

然而，爱情的小船说沉就沉。

2016 年最合适做我老公的人，一定是宋仲基啊，最让人向往的爱情绝壁是《太阳的后裔》啊。

因为他们的爱情干净利落，势均力敌。

你有你的梦想，我有我的志向；你有你的本事，我有我的能耐。

然而也有不愉快，当宋仲基无论如何也不能解释自己职业，活在风里雨里的时候。宋慧乔说：我想我们不合适。

她认为他们的价值观并不势均力敌。

于是爱情的小艇说沉就沉了。

前段时间，一个朋友谈起心事，说她可能要走到离婚的境地。因为当了全职太太在家与尿布、拖布、洗脚布步步不离的她，已经成为了丈夫的头号嫌弃对象。

长得美有什么用，现在还不是只有下垂与皱纹？

学历高有什么用，你研究生是不是就只研究男人的微信与电话？

脾气好有什么用，你以为自己在卖笑？

老公愈发得意忘形，朋友渐渐沉沦下去，曾经的筚路情深，换不回此刻的温暖相依。

明明前方海阔天空，我们却渴望换一个看海的人。自行车后的笑容早就消散，宝马车里的女主人应当艳光四射。

爱情是个势利眼，追不上对方的脚步，失去平衡，爱情的小船说沉就沉。

比得不到更让人唏嘘的，是得到后的不知足。

每个人心中对爱情都有最初的幻想：愿得一人心，白首不分离。最后，这美好的誓言，嘲笑孤单的自己。我们很容易变成：一人白首。

出轨，真是当下最时髦的词了。就好像一棵歪脖子树，没勾上热闹的红杏，它的一生就完了。

暖宝的老公出轨了，她知道，但她老公以为她不知道。

然而知道了，心就淡了下去。她变得像个陌生人，释放了心里的潘多拉盒子。和帅气的男人偷偷交往，去最醉人的酒吧，喝最刺激的酒。

我在去云南的火车上遇见她，她说她的目的只有一个，来一场最放纵的艳遇。

我问她，爱情不要了吗？她笑：醉笑陪君三千场，不诉离伤。

不能同心，何言不离，爱情这一艘小船，只允二人游，少一个

人太寂寞，不知流浪到何方，多一个人太拥挤，说沉就沉了。

爱情是需要用百分百的诚心、用心来维护的。这一点，我从不怀疑。可是啊，我们却偏偏喜欢新的多过旧的，接受完美的，拒绝缺憾的，可是爱情从来都是不完美，才美。

一个同事，最近又分手了。

原因很简单，她闹脾气的时候，男友没在两天之内道歉，于是分手。

她和我们细数前尘。

生日礼物，太穷酸，没新意，分手。
甜言蜜语，太老套，太低俗，分手。
百依百顺，没骨气，分手。
……

一切必须尽如人意，如不能则换掉。

百年以前的陆小曼何尝不是这般任性。她把爱情当作一场惊险的旅程，永远寻觅着激情，最后失去了王庚，失去了徐志摩。

可是啊，激情不是和未知的人一起体验已知的旅程，而是和已知的人共同探索未知的人生。

爱情像是叠放在衣柜里的一件衣服，被老鼠咬得千疮百孔，可是没关系，我们可以做一个裁缝，缝缝补补一辈子。

爱情是一艘小船，哪怕质量再好，也有年久失修的一天，如果我们不去经营，不去守护，那么爱情的小船说沉就沉了。

我的爱情，曾经于黑暗中触礁，几乎倾覆。

那时我们都刚毕业。

家中独子的他，不忍心远离父母，一心要留在省城。学日语的我，认为出国游学更有利于前景，和宿舍的姐妹淘约好，共赴日本。

像所有一毕业就分手的情侣们一样，我们争吵过，流泪过，不忍过，最终不能妥协。

道不同，天各一方。

他离开那座冰冷的城市，回到家乡省城。我留在学校，着手办理留学手续。

乘坐在爱情小艇上的我们，失去了一致的航线，迷了路，触了礁，爱情的小艇说沉就沉。

资料审核过后，准备启程之际，日本发生严重核泄漏事件，原本

就不太同意我出国的父母，这一次说什么都不准放我走了。

我选择回到那个有他的城市，一切好似那么顺其自然。

几年后，我们结婚。想起这些往事，只觉感激。爱情的小艇迷了路，还好我们找到了彼此。

何必害怕错过，每一次重来都是一次新生。

亲爱的，我们都是胆小鬼。喜欢爱情的悸动，偏爱穿上盔甲，贪恋一个胸膛的温暖，又像刺猬一样防备。怕期望带来失望的恶性循环，怕爱一个人到不了天荒地老。当我们不停站，慌慌张张往前走，把美好留在了身后。

无情淹没了我们，爱情不知不觉沉在海底。我不要你说事与愿违，我只要你爱，一切都来得及。

迟到的
另一个名字叫自私

我曾因为迟到，让友谊的小船说翻就翻。不是因为太计较，而是因为不能承受朋友之轻。好朋友间要打打闹闹，也要郑重其事，不要让细节上的忽略，毁掉你们的小船。

不知道你们身边有没有爱迟到，又特别爱给迟到找理由的人。反正，我身边挺多的，而且，每一种迟到的理由，都拙劣得让我心肝战栗。

心中一万头草泥马呼啸而过：虽然今年是猴年，但你们也不能把我当猴子耍啊。那要改明儿是猪年，我是不是还要配合你们变成一头猪，哼哼唧唧，没完没了？

迟到往往分为N种情形。我最受不了的是：约你的时候急不可耐，只是为了让你等到海枯石烂。

谁能告诉我，他们的脑回路是什么构造，才能让我猜中开头，猜不透结局。

我反思自己还算一个守时的人，然而，某个朋友约我的时候，开头和结尾都必然提一句：你一定要准时来哦。

他那么慎之又慎，郑重其事，反倒弄得我惶恐不安。我心想，一个这么注重时间的人，想必很自律，如果迟到了，估计少不了看人脸色。

所以，当我们两个家庭约好同去郊游的时候。我和先生比平常早起了一个小时，于约定时间的前 20 分钟抵达。这是我俩共同的习惯，既不太早，但绝不迟到。因为多年的经历，使我们明白：虽然等人不怎么爽，但被人等绝对更煎熬。这个，和借钱的道理一模一样。

等了二十分钟，朋友没来。本姑娘一向与人为善，想着谁还没碰上个堵车呢？这一念慈悲，又是二十分钟过去了。没办法，打个电话问一下，也许真有什么特殊情况。

电话接通，对方的声音明显还没完全从睡梦中回过神来。

“大哥，你不会刚起来吧？”

“哪里哪里，马上就到，马上就到，在等绿灯呢。”

……

“还没到？”

“快了，快了，我找个地方停车啊。”

……

“到了吧？”

“呃，你猜？”

时间真特么的应该静止。

如果它知道我已经傻乎乎地站在一个鸟不拉屎的地方等了两个小时的话。

如果它知道我和我先生，像两个门神守在门口，无数次被当成检票员的话。

如果它知道我们已经从海阔天空等到海枯石烂的话。

那么，它就应该静止。

这样我就不用再见我的朋友了。可惜，他还是出现了。

“真是对不起，路上太堵，晚了一会儿。”你确定是一会儿？

“哎呀，不过刚好给你们两个人浪漫的机会。”

苍天，让友谊的小船，翻得彻底点吧。

姑娘我在哪里不能浪漫？家里的大床行不行？屌炸天的酒店行不行？偏要在这里，耳听各种奇葩的迟到理由，并洗脑自己这是浪漫。

一次也就算了，关键这哥们儿，几乎没一次准时。以至于我后来对他的那句“记得要准时哦”都产生了抗体，这疫苗，注射得真靠谱。

可是，大哥，我求你了行吗？别玩我了。你看看外面的雾霾指数，我能出来，那是冒着生命危险的。能不能看在咱们好歹相识一场的份上，你让我多活几年。

也许，你认为迟到只是一件小事。可是，在我看来，迟到，不仅是对时间的不尊重，更是对朋友的不尊重。

坦白说，我一直认为，一个爱迟到的人，骨子里都有那么点自私。因为很显然，当你迟到的时候，你并没有考虑对方的感受，你只是在考虑如何让自己更舒服。

也许你会说，迟到是一种习惯，懒癌嘛。大家不都这样？

不不不，从来没什么习惯，都是借口罢了。

如果等你的人，是一个能给你百万年薪的面试官呢？是一个你粉了多年的爱豆呢？是一个只要你准时到，就给你发个巨额红包的人呢？

放心吧。那时候，路是畅通无阻的，停车场是随处可见的，马路上闪烁的全是绿灯。

而你，一定不会迟到。

你所有的迟到，全部基于不重视。对事件的不重视，对等你的人无所谓。

最近陪爸妈报了一个旅游团。因为非节假日，参团者多是中老年人。四天的旅行，几乎每一天都有近三个小时在等某几个爱迟到的人。

第一次，早晨，大家在等一个人，她在化妆。上了车，一句道歉也没有。

第二次，到了导游规定的时间，又差她们一行几人。等得久了，车上人有怨言，导游去找。原来她们还在拍照，最关键，上了车，几个人还在后面议论：拍个照都不能好好拍，等一会儿又不能怎么着。

……

太多次了，真是无力吐槽。哎，和气这条小船，说翻就翻。

团队中最守时的是一对 72 岁的老夫妻。他们一年中的大部分时间都在旅游，可是，他们从未让别人等过自己。

老太太说："年龄越大，越明白时间的珍贵。越会对别人的等待保持尊重。而且人老了，要面子。"

这样的老人，才是值得尊重的。

我一直在想，人为什么爱迟到，明明守时，才更节约时间。以前我并不明白，直到一个导游朋友说，凭他多年的带团经验，他发现，但凡无视时间规则的游客，都认为自己在迟到的时间里做的事情，比别人的等待更有意义。

比如，化妆是有意义的，我给你呈现了美丽，你等一等也是可以的。

比如，我多睡了几分钟，精神就会好一些，那么你等一等也是可以的。他们忘记了，别人的时间同样具有意义。而他们的迟到，充满恶意地屏蔽了那些意义。

所以，我从不原谅那些迟到的人。

因为你在等待的时空里，赋予的包容、忍耐，不能换回哪怕一丁点的感激。

原谅，对迟到者来说是无效的。不如，你过点不候，转身走人，下一次，他必定按时赴约。

因为你走了，他的迟到就失去了意义。

我喜欢自律的人。像那位老人说的一样，没办法，颜值高，要脸。

再者，我始终认为，真正的自由是在规矩内来回行走，你把自己的位置摆正了，为难你的人就没有那么多。

而那些处处无视规则，以自我为中心的人，注定只能成为一款游戏：大家一起来找碴儿。

因为，漠视规则的背后，漠视的是人心。我不希望，小船说翻就翻，我希望你的眼里心里装着我。

爱错了人，死不回头，小船说翻就翻

人不怕得病，就怕讳疾忌医。船不怕翻掉，就怕错了也不回头。爱错一个人，翻过一次船，都没什么，关键要有修正的勇气。

我特别喜欢一个药业公司的名字：修正药业。

因为切中要害，把准经脉。

可不，有病要治，说得文雅点，就是修正。

你说贴切不贴切。

身体出了毛病，当然要修修。

那么灵魂呢？

几个月前，我写过一篇文章《好姑娘，不做渣男收割机》，文章发出去两天后，阅读量上了千万，于是我收到很多读者的来信。

其中，聊得最多的是蝴蝶姑娘。

这是一个有点执拗的姑娘。虽然我怒其不争，哀其不幸，但是我挺稀罕她。

蝴蝶姑娘暗恋蜻蜓先生长达十年。

十年前，他们高三，即将毕业。高考解放了低血压的青春，迎来高血压的放纵。虽然，很多年后，他们会怀念当初那沉静的青春，但，当下，更多人选择的是释放。

蝴蝶姑娘便是在这种释放的情怀下，表示自己对蜻蜓先生的爱慕。

于是，蜻蜓先生，便忽近忽远地和她保持了一小段暧昧。对于蝴蝶姑娘来说，这已经很让她满意了，她把他的暧昧看作青春的羞涩。

然而，蜻蜓先生恐怕不这么想。

我的很多男性朋友表示，他们并不太懂得什么是羞涩。对于女人，他们的态度是，爱了就追，其余的，先观察。

也就是说，爱的那个没有出现，又没有更好的选择时，他们不介意陪其他女人玩玩。男人的暧昧，说人话，就是“炮友”潜规则。

所以，他们的形势一开始就是很明显的。

想当专用轮胎的，追着车子跑。而车子，都有超级备胎。

蝴蝶姑娘甚至更惨，她说很多年后才明白，当年的她连做备胎都没资格，充其量是个千斤顶。

很快，大学开学，蜻蜓先生考到北京某著名戏剧学院。和凯凯王、大幂幂等等成为同校学生。美女如云必须啊，拈花惹草必须啊。而蝴蝶姑娘呢，只是个普普通通的本科生。

蝴蝶姑娘说，他身边从来不缺女人，所以，你能想象到，他有多帅。

其实，我想象不到，但我用脚趾头也能想到她爱得有多惨兮兮。

帅哥太多了，死心塌地的姑娘却不多。

很快，蜻蜓先生开始拍戏，都是一些小角色，在娱乐圈，有头有脸的就那么几个。他拍了很多年戏，依然在北京买不了大房子。所以，他爱的姑娘离开了他，转头嫁给了一个有物质有经验的大叔。

梦想与爱情，都是别人的。

生存与被甩才是自己的。

一无所有的蜻蜓先生觉得在北京混下去，也没什么意思。便接受了妈妈的安排，回到自己的家乡，在一个二线城市的国企做着朝九晚五的工作。和拍戏比，的确枯燥了点，但好在待遇不错，而且稳定。

也是因为如此，他和蝴蝶姑娘原本渐行渐远的人生又重新有了交集。

十年，很长，长到可以改变两个人，长到曾经的灰姑娘，渐渐有了公主的风范。

十年后的蝴蝶姑娘，不再是当年那个笨拙青涩的黄毛丫头。大学毕业后的她，早已经成为公务员，供职于政府单位，有着不错的薪水和超强的工作能力。

然而，十年前的“见色起意”，让蝴蝶姑娘中毒太深。

在她心里，男神回来了。所以她心甘情愿，以“迅雷”之速做回他身边的小矮人。

她帮他联系当地的话剧资源，介绍更多的表演机会；她给他招收艺考学生，开设私人表演培训工作室；她化身他的助理兼经纪人，既干着打杂的活，又操着捧红他的心。

两人水到渠成地谈恋爱。蝴蝶姑娘很开心，比起曾经的暧昧，她觉得自己离他更近一些了。

他离开的这些年里，她从来没有真正忘记他，纵然有过几段恋情，爱过几个男人。然而，心里始终挂念他。

现在他回来了，抱着他，她不会再想和其他男人睡在一起，于是，她认定自己是真的爱他。

他们甚至一度到了谈婚论嫁的地步。他说要娶她，她当了真，他却转眼以父母不同意为由，要和她分手。

也就是在这一天，蝴蝶姑娘给我私信，讲了上面这一串长长的故事。

显然，这并不是结局。

在第二天、第三天的聊天中，我才知道，和蝴蝶姑娘保持恋爱的同时，蜻蜓先生从未放弃过与其他女子的交往。他拖着她，去寻找自己的灵魂伴侣，受挫以后，来她这里找安慰。

我说，你觉得他爱你吗？

她苦笑，说自己只是从千斤顶变成了备胎。

然而，备胎的日子要比千斤顶的日子更难过，离得愈近，伤得愈深。

我比蝴蝶姑娘毒舌。我说，于他而言，你只是一个转正的“炮友”。

从前暧昧，是怕负责任，现在转了正，是发现不用负责任。

他无所顾忌伤害她，把她一个人扔在冰冷的医院里，和一个未曾谋面的孩子告别。

也理所当然利用她，用她的人脉，用她的资源，用她的不忍心。

然而这一次，有点不同，他决绝地和她分手，我猜想是遇到了心动的姑娘。

他说：我们之间肯定不可能了。

他说：分手后，我们可不可以继续做朋友。

他说：你别夜里给我打电话，白天上班的时候随便你怎么联系我。但是，你不能不管我。

我说：凭什么啊？

蝴蝶姑娘说：就凭我爱他，他不爱我。

于是，以上所有，她令我大跌眼镜地都做到了。

眼睁睁看着他和别的姑娘在前方巫山云雨，她在后方持续为他提供炮火，这得有多么强大的小心脏啊。

难道彻底离开他，不比现在更好？

然而，蝴蝶姑娘放不下，十年的坚持，她总觉得只要坚持下去，就能感动他。

然而感动并不是爱情，最多能让他愧疚，却不能让他心动。况且，那个男人连愧疚都没看出有多少。

就像做了一道题，蝴蝶姑娘明知道她钟情的答案是错的，可她愿意为了这道答案，放弃整场考试。

很傻，很执拗。可也唯有这点纠结、折磨、难熬和零智商，才显现出爱情叹为观止的美。

这样的姑娘，是劝不动的。

就像犯了错的小孩，很难主动认错。

唯一的方法是什么，是心死过，然后重新来过。

很可惜，他一直不让她死心，所以她注定被虐得遍体鳞伤。

认真的女人最怕遇到这样的男人。给你一巴掌，再给你一颗糖，于是为了那颗糖，你跪求那一巴掌。

我说：哪怕是欲擒故纵也好，你不要再主动联系他，能坚持多久就坚持多久。

可是，往往不到一个星期，她就败下阵来。她狠不下心来对待自己，只能轮到他狠心来对付她。蝴蝶姑娘说，她像萧红，也像被嫌弃的松子，为了得到一点爱，各种摇尾乞怜。

是的，她们都得了一种病：缺爱综合征。

现在，让我们回到话题的最初。如果你的灵魂，也和蝴蝶姑娘一样，因为爱被桎梏，你会如何治愈它？

这并不是一个无解的题。甚至，大多数人看来，答案已经呼之欲出。

只有两条路。

要么，离开他，好好过自己的生活，管他是不是后宫失火，都不做那个被殃及的池鱼。

要么，继续耗着，得偿心愿。而根据上万年的爱情史来看，这种得偿心愿，未必是好结果。

我相信，很多人会选择第一条路。哪怕执拗如蝴蝶姑娘，我也始终相信，她会在某个瞬间，哀莫如心死，从池鱼变成飞鸟。

需要的是时间罢了。

很多时候，你以为你离不开一个人，其实，只是不愿意罢了。离开他的痛楚，就在此刻，真切深刻，离开之后的美好，却在未来，难以捉摸。千方百计地摆脱痛楚，貌似要比去抓一个不可预知的未来，来得更实际一些。

所以，太多姑娘，都缺乏修正灵魂的勇气。开刀割掉长在身体里的肿瘤，会瞬间血肉模糊，太疼了，不如，就让它这么留着吧，偶尔小疼一下终归是能忍一忍的。

可是，被纵容的肿瘤，终会残忍地长大，吞噬掉健康的细胞。

那个时候，你将别无选择。

如果爱情终归要大病一场，我希望，你自己是那个主治医生。

如果你放弃治疗。那么对不起，出来混，迟早要还的。

蝴蝶姑娘发来微信：我不想再联系他了。

你呢？愿意对自己动刀了吗？

船小人多，
爱情出轨，说翻就翻

爱情小船的容量是很小的，只能容纳两个人。非要再多上那么一个，说翻就翻了。年轻的姑娘，最容易走入婚外情误区，然而结果往往不明朗，你的青春要给最配的人，去吧，拯救单身汪，远离丧家犬。

嗐，爱情是蚀骨蚀心的。

像在某个特定的瞬间，喝下一杯甜酒，杯中有毒却不自知，溺毙在一场天荒地老的荒诞梦境，再回首，世界更迭，又是一个时代。

身边的人，韶华未有，激情不再，宛如烟花荼靡之后的一地死灰。曾经的那么多年真像是梦一样了。

不敢睁眼看，怕这现实残酷，人情凉薄。于是梦一场接一场做下去，像爱一样。

于不同的人身上，在千万个床笫之中，把梦造得愈发旖旎暧昧，把欲望推向海的高潮，把灵魂涤荡在暗礁深渊。十几岁的少女，倘若遇见这样的造梦人，便像沉船搅进了暗潮，潮水腥湿，海藻纠缠，青春就真的那么晦暗下去了。

在网上写文之后，最近一个月，收到了数十个一样的烦恼：婚外情。主角不同，故事类似。

她们的问题，最终都指向一个困惑：这样的感情可以接受吗？

她于大学未毕业之时，结识一个大自己十岁的男人。自认毫无代沟，相见恨晚。30 岁男人的阅历和成熟魅力，让她无从抵挡，步步沉沦。他亦说起自己的婚姻，认为那是一段失败的感情，以及一次浊恶的低头。

相识的 6 个月中，他对她有求必应，无微不至。物质与感情的双向抵达，让她无可自拔，她说，她遇到了可以携手到老之人，此后，纵浮花浪蕊，妾心匪石。

爱得一发不可收拾，发乎情，最终不能止于礼。

他们疯狂地需要彼此，在那个城市的春夏与秋冬，夜尽与白昼。阳光抽打着交缠的影子，月色盛满了晦明交替的心事。城市像从头顶飘过，汽车呜呜，人声混沌，行迹亦模糊。浮世万物，像黑白默片，快速地推进着。

她抽离他，就如抽离这场电影。失望、落寞、欣喜，茫然不知去往何处，一次抽离，是一次青春的褪色。

直到她怀孕，青春也老了。那个娶她的誓言，从未到来。

他抱着她，说天荒地老的鬼话，乐此不疲地带着她沉沦于离婚进行曲。她自知腹中孩子等不到父母为他共庆生辰，欢天喜地。只能暗自神伤，用最快的速度，为他不合时宜的到来做一个最快的收梢。

她继续等他三年，等来的是他的妻子已经怀了第二胎。他说：我是被逼的。

啊，多么卑鄙的谎言。

一颗心，沉到海底。她鞭笞自己，说她是个人人喊打的小三，羞辱与骂声交叠而至，又有何妨，胸腔里回荡的是愤怒，还有些许的不甘。

她问：该不该等下去？这样的二婚男人可以接受吗？

每次被问到这种问题的时候，觉得很痛心。也许作为一个已婚的，守护着爱情的姑娘来说，我应该骂她。

然而，我又有什么资格站在道德的制高点，去对别人的任何行为进行批判呢？更何况她已经在道德上否定了自己，她只是想找一个人

说说心里话。

我给她讲了一个故事。

20 岁那年，我上大学，在培训机构实习时，遇见过一个男人。30 多岁，多金多才，貌似绅士。

长期工作在一起，他又是上司，便渐渐熟悉起来。时隔不久，他开始私下约我，或是常常等着我下班，在心理上撩拨我，在言语上轻薄我。那些话听起来暧昧极了。某一个晚上，我发了空间动态，附一张云南风景照，说这是我的乌托邦。他在凌晨给我发来 QQ 信息，是丽江的山水缭绕与地理坐标，然后是一句话：和爱的人，一起去一个最美的地方，做爱做的事情。我有那个荣幸吗？

第二天看见他的时候，他一脸若无其事的样子。我知道他在等什么。鱼饵已抛掷，鱼要自己上钩。

这种招数，对于还在朦胧期的少女们来说，很管用。加上平常他又关怀备至，温文尔雅。

我把那条信息删除了。对于一个十八九岁已经谈了恋爱的姑娘来说，她的怀春时期已经过了，春梦留给了少年，没有大叔的位置。

他这招欲擒故纵，我并不感冒。我把那句浪漫的话，列出来，删掉所有的定语、宾语和谓语。掐头去尾，只剩两个字：做爱。

我没搭理他，但那几天他晃荡的影子，从我面前经过的更多了。他常常提高了嗓门说：单身的男人好寂寞啊。

我自然不信。对他越来越冷淡。

实习期满的那一天，我看见他和一个女人拥抱，旁边站着个几岁大的孩子。一家三口，不羡仙。

下班后，我收拾好自己的东西，准备离开。公司里的同事压低了声音在谈什么，一个保洁阿姨对我说：姑娘，你可不能年纪轻轻就破坏人家家庭啊。

我笑了笑，背着包就出了门。

我对那个姑娘说：你看一个大叔对付一个萝莉，他的狠心你都猜不到。这样的男人别说二婚了，哪怕单身，都不值得你嫁。他从来就不是那个可以匹配你青春的男人。

当然，我想他也不会成为二婚，离婚只是一个骗人的借口。婚外情的男人，看上的不过是萝莉的年轻与貌美，只是萝莉当了真。

后来，我又收到了不少这样的情感倾诉。有互为婚外情的，有单方的。我点了点信息删除，不再回答。

我知道，每一个人心中早有答案。作为听的树洞，我也有疲惫的那一天。

很多婚外情的主角，也曾风度翩翩，有一段羡煞众生的爱情。

爱情如烈酒，时光似白水，爱情太短而时光太长，于是烈酒最终被勾兑出奇怪的味道。

所有婚外情，不外乎在寻找烈酒的味道。只是结局不同罢了。

可是亲爱的青春正好的姑娘，你的年华正当烈酒，你应该去看最美的风景，喝最烈的酒，骑最快的马，过最洒脱的人生。

那些大叔们带来的幽闭与忧伤，那些大叔们能给而少年不能给的成熟理智，终有一天少年也能给你。怕只怕，那时候，少年不再，而你又开始渴饮烈酒。

我享受每一个当下。

别急着向岁月伸手拿十年后才属于你的东西，而错过此刻年华猎猎。

去爱最好的人，像风一样生活，像根一样留下。

好姑娘，
不做渣男收割机

爱情的翻船司空见惯，就像出门碰见坏天气，稀松平常得很。重要的是，你不能一直软弱下去，沉在海底太久，人会窒息，找到出口，要迅速抽离。

我有一个朋友，叫阿雅，瘦白，高挑，整个人看起来，有一种恹恹的美。不说话的时候，会让人觉得美如画，一开口，便知她是个天真无邪的姑娘。哦，对了，她还是个标准的拆二代，我们总是和她开玩笑，说她将来一定是最美包租婆。

第一次见她，是在另一个朋友的聚会里。她正一把鼻涕一把泪和一群闺密控诉着她那不靠谱男友的种种罪行时，我推门进屋，帅气地脱下大衣，翘起二郎腿，准备对着眼前的爆米花大干一场。

她那一群闺密兼我的损友，齐刷刷地用手指着我。“找她，新晋的美女小作家，专门琢磨男女那点事儿。”

“滚边儿去。嘿嘿，美女就算了，男女那点八卦倒是感兴趣。”

于是，一群女人，七嘴八舌地和我说起了阿雅的那点遭遇。

其实，也没什么。这年头，不靠谱的男人多了去了，遇见一个，也不稀奇。她男友，不算渣，既不劈腿，也不乱来，就是坏毛病太多。

比如，爱喝酒，只要闲着没事，就要和一群酒肉朋友，胡吃海喝。比如，有点懒，她要一天到晚跟在他屁股后面收拾。比如，脾气大，生气的时候，说话像泼妇骂街。

她问我：“该怎么办。”

我问她，“你想怎么办？”

她说：“想分手，但是一想到他对我的好，就舍不得。再说，哪个男人能没有点毛病呢？是吧？”

“哦，那就是还能忍了？忍无可忍再说吧。”

闺密抱怨我：“你这说话也太刻薄了，什么叫‘忍无可忍再说’，你就不能劝劝她，趁早离开那个男人。”

我没有再多说什么。

不是我不劝阿雅离开她男友，而是她根本就没有离开他的念头。虽然他也没那么好，但是她已经习惯了。不用别人给任何暗示，她也会给自己找“在一起”的理由。而我，明知多说无益，何必枉做了小人呢？

所以，只能等，等到那个男人洗心革面，做回好好先生。或者，等到阿雅忍无可忍，弃暗投明。

在此之前，她所有的抱怨，都是倒垃圾，我们这些听众，说白了，都是垃圾桶。

一般来说，等到的结局，通常是后者。但对于阿雅，我很担心，会有第三种结局。

大概一年后，接到阿雅的电话，说想找我聊聊。

小餐馆里再见到她，人，好像，更清瘦了一些。

不用问，也知道她最近过得不太好。

她的男朋友变本加厉了。以前虽然喝酒，但听她的劝，现在，她已经根本无力左右他。脾气相较从前，也更大了，甚至敢对她动手了。

至于工作上，更是不思进取，游手好闲。

“我很纠结，其实他不喝酒，不发脾气的时候，对我还是很好的，会说好听的话，会买很多东西讨好我。”

“既然如此，你为什么来找我呢？阿雅，不要再替他找借口了。一年前，我就想说这句话了，可我也抱一点希望，觉得他不是那么渣。现在，我真的希望你离开他。”

“我就是不甘心，我和他在一起三年，如果现在离开了，那这三年不全浪费了吗？”

“三年，能让你看清一个人，就不算浪费。如果你为过去的三年不甘心，你有想过之后的三十年、四十年、五十年吗？”

“可是，我现在也到了谈婚论嫁的年龄，我真的没有精力再谈一场恋爱了。”

我知道，阿雅仍在给自己洗脑，哪怕有一个理由，她都能打满鸡血，重新回到那乱七八糟的生活。

果然，还是猜中了第三种结局：忍无可忍，从头再忍。

生活中，有不少这样的女孩子。她们足够有忍耐力，却给了最不该给的渣男，她们太过软弱，缺乏修正错误的勇气。所以，她们做着一成不变的工作，拥有不能轻舍的感情，哪怕它足够烂、足够渣。

这样的女孩子，多半有点受虐倾向。或者，说好听点，消极的乐观主义精神。

再或者，换另外一种流行的说法，这种女孩子往往是渣男收割机。

比如，民国时代文艺女神阮玲玉，太软弱。

再比如，现在风口浪尖的郑爽，太天真。

如果，她们不自己清醒过来，哪怕离开了现任，除非运气爆棚，多半还是会栽到另一个渣男手里。

和阿雅的推心置腹，自然没有什么结果。我再一次做好了一个垃圾桶的本分，而阿雅，义无反顾地转头奔向那个男人，不过是他来了个电话，“诚恳”地道歉，“庄重”地许诺。

原谅一个渣男，需要多长时间，一通电话就足够了。

再一年后这群闺密，各自有了家庭。与阿雅的联系，越来越少，听说她也结婚了，新郎不是那个渣。当初两人分分合合，闹得太过，阿雅的父母，实在看不下去，趁两人闹分手，强硬地把女儿嫁了出去。

她在群聊里，给我们发来消息：你们说得对，不要给别人的渣找理由，更不要给自己的软弱找借口。有了现在的他，我才发现从前的我，有多自欺欺人。

后来，我们见到了阿雅的新郎，是一个温暖敦厚的好男人，体贴、踏实，最重要的，很有担当。阿雅依然美，只是不再恹恹的，而是神采奕奕。

有时一个选择，就可以左右一个人的命运，就是这样简单。阿雅应该感谢她的父母，逼她做了正确的选择。

可能，很多人并没有阿雅的幸运，但我仍然无比希望，她们能在某个瞬间清醒过来。

是好姑娘，就不要成为渣男收割机。更不要为自己烂掉的感情，找各种借口。离开，其实也没那么难。如果爱情不能雪中送炭，锦上添花也不错。但不要，让他的渣，扎疼了你的人生。

为什么
遇到渣男的总是你

很多女孩子说，我那么宽容、大度、善良、忍耐，为什么总是遇到渣男，为什么爱情的小船说翻就翻。我想说：不翻船的关键在于平衡。爱与恨要平衡，包容与批评要平衡。《圣经》认为爱是恒久的忍耐，但爱更是恒久的成长。

前不久闺密 S 嫁人了，对方是圈子里盛名久负的渣男 A。大学时谈恋爱仿佛脚踏长江、黄河，女友源源不绝。毕业后，更是撩风渐长，勾搭起妹子来毫不手软。真爱那玩意儿对他来说简直是见鬼。

他结婚前的人生，不是在劈腿，就是在去劈腿的路上。身边的男性朋友提到他，全是一副暗恨的样子，并纷纷甩下毒咒：这家伙，要么精尽人亡，要么人亡精尽啊。

在我们以为他必定在渣的路上继续全副武装，潇洒前行之时，他却猛然转身，给自己找了个归宿。

在我们又以为结婚了也无鸟用，他将继续浪荡下去的时候，他又一个急转弯，撒腿奔向好好先生的道路。

于是我们只能望洋兴叹：世界太快，脚步太慢啊。

比我们更暗恨、更无奈、更抓狂的是他的前女友们。

明明半年以前，他还信誓旦旦地告诉她们：没有婚姻那个庸俗的形式，我们在一起也可以很快乐啊。然而半年后，他便欢天喜地和另一个女人公开了他所谓的“最庸俗的形式”。

他和一群女人的小船说翻就翻了。

原来，他不是不想结婚，只是不想和她们结婚。

所以，Miss 姚，狠狠地摇晃着红酒杯，一个猛子干完了一杯威士忌。醉醺醺地自嘲道：“我一直以为，他就这样儿，天生的渣、坏、痞，可是我错了，原来他也可以不渣的，不过不是对我罢了。”

是的，不是他渣，他只是对你渣。

So，why？我也想知道为什么。

因为Miss姚是渣女吗？才不。事实上，Miss姚是个不折不扣的好女人。

性格温柔，样貌清丽，高学历，银行体制内职员，正儿八经的高级白领。是一群妈妈桑心中的标准儿媳，也是一众好男儿心中最合适的结婚对象。

然而，偏偏遇到了A，一脚踩进泥潭里，便被泥鳅咬住了脚，再也拔不出来。

要不是亲眼看到她是如何死心塌地对A好，我还真不敢相信，现在还有这样讲文明，树新风的姑娘。

A毕业后，和两个同学一起合租了一个三室的大房子。三个大男人住在一起，结果可想而知，冬天，零下几度的空气里，都能弥漫着久久不散的气味儿，那酸爽，简直了。

Miss姚，每每走进A的屋里，都觉得无法下脚。后来，便每周来为他们打扫一次房间，高至擦窗户，低至刷马桶，无所不能。有时候，A也会于心不忍，主动提出帮她分担点什么，她总是笑得一脸宠溺，连连摆手说不用，让他忙他应该忙的。

于是，他便打开电脑，叼着烟，玩着网游，钓着妹子。而姚小姐在烟雾缭绕中畅想着自己未来的幸福生活，并被自己的贤良美德

感动着。

后来，这便成了常态。她忙着给他们打扫卫生，几乎沦为他们的钟点工。他们却在她还在厨房忙着煮最后一道汤时，一扫而光桌上所有的饭菜，压根没有想过等她一起吃饭，也没考虑她怎么吃饭。

因为，从前，每回他喊她吃饭的时候，她总是一脸赧然地说："你们先吃，别等一会儿菜凉了。"

她忽略着自己，所以不用多久，他也忽略了她。

本来责任心也不怎么强的A，也想过负那么一点责任的。可是她自以为是地不给他这个机会。

他喝醉酒了，打电话让她接送；惹麻烦了找她摆平；缺钱了管她要；和她在一起待腻了，转身睡倒在别的女孩床上；她惹他生气了，他在大冬天的深夜，把衣衫单薄的她扔在大街上，丝毫不顾虑她的安危。

她眼睁睁看着他劈腿，怒其不争地告诉他：我可以原谅你的。

可是他连原谅的机会也不想给她。A说：我不想让你原谅我，我只想和你分手。

就这样，爱情的小船说翻就翻，姚小姐从A的人生里出了局。

可是，她感动天，感动地，感动自己，为什么感动不了A。

一定有人说，爱情不是感动。对，可是爱情一定会让人感动。姚小姐不是感动不了A，而是亲手扼杀了他的感动。她把自己放在了圣母的角色，又凭什么和他谈爱情呢？

其实，A并不是渣到骨子里去的男人。只是，他的前任们和姚小姐一味纵容，给他不断翻船的机会罢了。当然，这些女孩儿里，极少数太把A当回事，大多数又不把他当回事。

和很多70后比，大多数的85后、90后可能都有那么一点“渣”属性。

也不能完全怪他们。

他们成长的阶段，大环境上，是中国经济最好的时期，又是独生子女政策推行的时期，很多人家里只有一个孩子，所以从小被捧在掌心长大，习惯了为非作歹，为所欲为。

就拿我的先生为例。标准娇生惯养的独生子，从小衣来伸手，饭来张口。习惯了身边所有人围着自己转，只能别人对他好，因为长久以来形成的意识是：这是他们应该做的。

我婆婆有时候会和我抱怨他儿子又懒又不会做家务。可是，在我看来，那抱怨里都透着宠溺。

他当然什么都不会。

每次回家他的日常都是这样的：

“衣服脏了吧，快，脱下来，妈妈给你洗洗。”

“儿子，快起来吃饭，妈妈给你放桌上了，水果给你洗好了啊。”

如果，哪顿饭，他皱皱眉，觉得不好吃了，我婆婆能立马再去做一份。

别说我先生了，就是我，都被惯得一身毛病。

然而，在我们自己的小家里。又忙上班，又忙码字的我，真的没精力做他的情人兼圣母，很多事情，他只能自己来。无奈之下，洗衣做饭，样样都学会了。然后，才懂得对我说一句：唉，做家务也挺辛苦啊。

连他自己都说：我不是不想对你好，只是不知道方式罢了，但是你可以教我啊。

于是我们家的准则就变成了：你要尊重别人对你的好，我忙的时候，不求你必须和我一样忙，搭把手总是可以的吧。饭菜不合口，别动不动抱怨，you can you up，no can no BB。我的做法一般是，能吃就吃，吃不下，我会立马把饭菜倒掉，大家一起饿着。如果，我先生主动要求帮我做事情，我从不拒绝，作为家庭的一员，他有必要，有责任知道，维持一个家庭的艰辛。

时间久了，他便知道每一份付出都不是那么轻而易举的，唯有他付出了，他才知道珍惜。爱情也是一样的，作为恋爱双方中的一员，他应该知道他要负的责任是什么。

很多渣男的进化，是因为女孩一直在扮演着大人的角色，没有教会他负责任。女孩的态度使他认定了，无论自己如何贻害人间，都能轻易被纵容。既然如此，何不逍遥自在地渣下去。

就像陈赫前妻雷拉小姐说的那样：在上一段感情中我总是扮演长辈的角色，从生活的细琐到嘴上的大道理，这个相处方式明显不对劲儿，结局也有目共睹，我自认为最失败的一点是始终没教会对方负责任……无底线地被包容……让他总觉得生活中机会大过考验……这样的人面对指责惯用组合计就是逃避加推卸责任。

人性，是如此的复杂，谁没点渣的苗头呢？重要的是，聪明的女孩，会适时地掐灭那小小的火苗，而过度宽容的女孩，任它发展成了燎原之火。

渣，是可以救赎的，船，是可以不翻的。当然，不包括天生渣以及暴力狂等无药可救的种类。

A很庆幸自己遇到了闺密S，她包容他，但并不一味地宽容。我们在A的身上看到了惊喜的改变，他自己也看到了改变，而且他喜欢那改变。谁愿意顶着“渣男”的名号，遭人嫌弃呢。

不要动不动提原谅，那是助纣为虐，拔苗助长。也不要动不动就提恨，那会催生怨气。

任何时候船不翻的原理都是：平衡。爱与恨要平衡，包容与批评要平衡。你真的不用过度忍耐一件事情，爱情里，让人不舒服的，往往都是不合适的。

爱情也有是非观。你爱的人，并不需要你去原谅他，而是需要你不给他犯错的机会。

容忍“渣”是不道德的，容忍犯错也是不道德的。太多女人，喜欢原谅渣男，不喜欢纠正渣男。

但是，出来混，就得有错要认，挨打要立正。

爱情小船
翻于婆媳不和

对于一些年轻的女孩子来说，梦想的小船往往翻于家庭关系。都说生孩子是女人的一项羁绊，其实，比生孩子更可怕的，是困于婆媳关系，那会让你所有的梦想都缚手缚脚，最后死于纠结矛盾。

人到了某个年龄段，就会接受一些特定的讯息。

比如，闺密们的话题，默默地从“撩男技巧”变成了“婆媳不和，家庭不睦”。

连去年刚刚大婚的AB和黄晓明，在婚礼上，也被人问到，会不会担心婆媳之间有矛盾。回复者是AB，这是个聪明的选择。

“我并不担心将来会有婆媳矛盾。说实话，我觉得他们比我爸妈更像爸妈，不是说我爸妈不好……而是他们更细心。”

当然，这是一个机智的回答。（为什么你们都是心机 girl，我也要）

别管 AB 怎么回答啦！我想说的是，媒体和民众都认为在中国，婆媳问题是一个和股市，和房价，和医疗一样，一点就爆的话题啊。

婆媳问题太大了。

她啊，前几天因为一件衣服，和婆婆大干了一场。

她啊，因为一碗面里鸡蛋是打散了好，还是荷包了好，和婆婆化玉帛为干戈。

她啊，因为老公喜欢腻着她，成了婆婆的眼中钉肉中刺。

她啊，因为追求自我，个性张扬，被婆婆闹到以离婚收场。

她啊，因为生不出男孩子，被婆婆逼着堕胎 N 次，最后死在手术台。

她们啊，都说结了婚，甜蜜指数从爆棚变成了心电图里的直线，只剩惊吓了。

嫁到了加拿大的闺密 andy 说，在国外，婆媳之间其实没那么多事，因为他们崇尚个人主义，而中国几千年以来推崇的都是群体（家族）

主义，大部分中国人，觉得孩子是自己的私有产物。

很多人不懂孤独与隐私。中国人喜欢君君臣臣，父父子子，强调和周围的一切建立联系，忽略了个体的完整性。

张爱玲的小说里写过，新婚的夫妇要和父母住在一起，中间只有一层隔板，晚上啪啪啪都要小心翼翼，别人听着呢。

虽然现在比那时好了些，但是本质没变。

对啊，这是婆媳关系，甚至夫妻关系，剑拔弩张的原因：别人看着呢。

1. 婆婆看着呢，随时拿她的经验压死你

朋友喜欢用手背给儿子试奶，一来温暖敏感，二来干净卫生。可是婆婆喜欢用嘴尝过，再喂孩子，她觉得不卫生（间接接吻啊，你懂不懂，这么红嫩嫩的小鲜肉，初吻没了你造吗？），说了几次，婆婆就当没听见。后来，实在忍不了，她几乎用恳求的语气和婆婆认真谈这件事请，婆婆也烦了，说："这有什么呀。我们以前多少人都是这么过来的，哪像你们年轻人，事多得很。我给你讲啊，养孩子我比你有经验多了。"

她不喜欢争辩，臭味才相投。但心里多少有了芥蒂，从此以后把孩子带在身边。

这种事情，太多了。

你喜欢南，婆婆喜欢北，哼，看你不顺眼。

你喜欢冬天，婆婆喜欢夏天，哼，你这人不正常。

其实，人有差异，不挺正常的嘛。价值观不同，不也挺好的嘛。要是我们都变成一模一样的人，哪有贫富差距，哪有成功失败，哪有牛逼可装，哪有傻逼可当？真有那么一天，我选择狗带。

有人问我，婆媳之间，你最受不了什么？答案只有一个：我受不了我是弯的，你非要给我掰直。做个触角弯弯的糖宝，比做天线宝宝逗比多了。

为什么你是对的，我就是错的？A是对的，B就是错的？我们完全可以完美地组合一下，变成美美的AB（没错就是Angle Baby）。

我们各自欣赏自己的价值观，尊重别人的价值观就好了。

冒着被骂的风险说一句，不管婚姻是精神结合，还是金钱结合，儿媳妇都不是植物人，不是学生，不是傻瓜。

当然，还有一些非常过分的婆婆，不是把儿媳妇当学生，而把儿媳妇当仆人。

我一个朋友说，在家里，每次她让老公做家务，而她老公有点拒绝的时候，她婆婆都会跳出来说：“哎呀，你别计较，我们家谁谁谁从小在家都没干过活。”潜台词是：这活就该你干，别指着我儿子。

朋友说：“我知道。我在家也不干活。可以前是以前，现在是现在，以前女人还不用工作呢。”

既然，女人能分担财务，男人分担点家务，才够可爱嘛。

2. 男人看着呢，毫无主见地听麻麻的话

全世界，比家暴男更让人难以忍受的只有妈宝男。不管他妈做什么事情，他都在一旁摇旗呐喊：“哦，好棒呀，好厉害啊。”

他妈训斥他媳妇，活该，你受着。我妈对我这么好，怎么可能是错的。

他媳妇顶撞了他妈，你有病吧，对我妈客气点，我妈最不容易了。

总之，世上只有妈妈好。

孝顺是没错的，我不反感孝顺的人，可我反感以孝顺为名，轻贱

女人的人。

一个读者倾诉，说她老公视母亲为天，在家庭出现矛盾的时候，毫无原则地和他妈统一战线。

她和老公都有不错的工作，家里经济条件较好。老公有个妹妹，游手好闲，特别喜欢名牌货，她婆婆就怂恿自己女儿，管他们俩要钱。一开始，她也不觉得有什么，便给了几次。后来，次数多了，就有点厌烦，但也忍了。直到最近，她婆婆开口管他们要钱，说要给自己女儿开个服装店。

她对老公说，不能给这个钱，他老公生气了，说我妈开口怎么能不给。两个人就这样僵持着，后来婆婆来了，说等着用钱。她没忍住，回了一句：“妈，我们不能负责你女儿的人生。”

没等她婆婆说话，她已经挨了一巴掌。一向脾气温和的老公，对她大吼：“怎么和我妈说话呢？”

那是他们认识十多年来，她第一次想离这个男人远点。

我不知道，他和她最终会走向什么境地。我只知道，一个好老公，有责任相信并体谅自己的妻子。

你以为你妈对你好，你媳妇就对你不好了吗？

很多时候，不是媳妇事多、难缠，爱抱怨，而是，在一个家里，她并未被谁认真看待。

3. 亲戚们看着呢，他们是猴子派来捣乱的

总有一些亲戚，是看热闹不嫌事大的。人喜欢占便宜，我能理解。但占便宜占到毫无眼力见儿，严重影响别人家庭的，也真的是够了。

A 的公婆都是内科医生。

她家里的一些亲戚，还都是不怎么近的亲戚，常常这么说："哎呀，都是一家人，我来你这看病不是正常的嘛，你要优先考虑我，不能收我钱，谈钱多伤感情啊。"

然后他们直接无视 A 的感受，也懒得和她打声招呼，理直气壮地麻烦着 A 的公婆。公婆觉得亲戚之间不都这么回事，也没说什么。

但 A 很不爽，不，准确地说，是心寒。她一直在想，他们在方便自己的同时，有没有一丁点考虑过她的感受，有没有想过，也许他们会给她的生活造成困扰。

碰到好公婆那是她的运气。

但如果没有呢，他们能为她四分五裂的家庭关系，担当一点什么吗？

A 知道不能。

我也相信不能，然而并没有什么用。

其实，我见过很多因为乱七八糟的亲戚人情，而最终分崩离析的夫妻。他们离婚的时候，那些亲戚丝毫不觉得自己有什么过错。

他们常常会说：

你离婚，因为你笨，连个男人都守不住。你离婚，因为你命不好，碰到一个不是东西的男人。

他们会对你表示同情，心里却在想，关我们屁事啊。

是啊，关你们屁事啊。那么，能不能在一开始的时候，便不要过度打扰谁的人生。

人情往来很正常，但借人情的名义，行自私之实，对不起，我不接受。

4. 停下来，看看自己吧

身为一个中国媳妇，可是我也要说一句：一个家庭的和睦，哪怕婆婆够好，老公不妈宝，亲戚不捣乱，也未必处得好，原因在于，很多媳妇自身的确也存在诸多黑点。

比如，谈起自己的权利，头头是道。说到自己的义务，则能避则避。其实，还是对别人严格，对自己宽容。审视别人多于审视自己。

所以，有时候，觉得人真是疲惫。一直活在别人的审视里，夹杂在各种关系里。可是，很无奈，中国是一个人情社会，很多人接受不了一个人活在自己的孤独感里，他们喜欢随大溜，太特立独行的人往往容易被贴上“自私”的标签。

可是啊，我觉得，真正的文明与进步，是允许共性，接纳个性。

很多人说，现在的价值观较于从前混乱太多。其实，这何尝不是一件好事，因为，我们终于开始把眼光从别人的身上移到自己的身上。

如果，有那么一天，我们都能忠于社会，接纳个体，而不是强行抹杀个性，把人教导得如出一辙，我想，婆媳问题，也许从来不是个问题。

婆婆也好，媳妇也好，都要有无宠不惊过一生的姿态。

爱情在伪装，小船在搁浅

伪装是没有用的，你把爱情小船装潢得如“泰坦尼克号”，但没有真心，没有付出，它还是说沉就沉。不要做爱情伪装者，要做爱情的舵手。

女人喜欢装深情。

男人喜欢扮风流。

在每一个女人心中，爱情来了，都惊天动地，倾国倾城。仿佛，不山崩不深爱，不地裂不隽永。那样倾覆性的美丽，如星河灿烂，如白雪覆地。是长城，是金字塔，是奇迹。

然后一场变故，不，甚至不需要变故，只要一点点时间，失恋就来了。来得格外迅猛，如野兽吞食，如洪水决堤。

简直凄惶。

简直崩塌。

简直像乱葬岗，像停尸房，全是吊丧。

那带着祭奠气息的怀念，让女人看起来深情极了。

你可知？

自你走后。

山河破碎。

心神俱灭。

我寝不能寐。

我食不能咽。

所以，你应当记住，我是那样的深爱你。

简佳就是这样一个看起来很深情的女子。

2010 年，简佳爱上谢华。一个是家境优越的白富美，一个是 IT 界的普通职员。恋情从简佳的大二开始，她在闺密举办的周末趴上见到谢华，从此便像中了邪，爱得一发不可收拾。

谢华家境平平，既不是富二代，也不是凤凰男，像百分之八十的普通人一样，衣食无忧，但也仅此而已。在校园里，大概可算得上校草级别，从小学到大学，一路顶着三好学生的名头。毕业后，顺利进入某 IT 公司，薪水以年薪计。

在大部分人眼里，谢华是一只相当优秀的潜力股。有钱人看得上，普通人也有能力入手。然而，那时年仅 20 岁的简佳，还不会如此计较利弊得失。她看上他，不过是男女之间最原始的欲望。

这个男人是好看的，于是她只想推倒他。至于其他的想法，对于少女来说，都太复杂了。

最终，他们彼此推倒，走到谈婚论嫁的阶段。好吧，这也是爱情里，最斤斤计较，各种讨价还价的阶段。

第一，房子买在哪里？这意味着将来在哪里生活。

简佳认为，应当买在 Z 城，这是简佳长大的地方，也是谢华目前工作的地方。

谢华认为，应当买在 G 城，那是他的家乡，作为独子，那里有他的归属感。

爱情的小船说翻就翻，于是吵架，冷战，道歉，协商，决定先跳过第一个问题。

第二，谁来买房子？这意味着将来谁在家里说了算。

这个还好，简佳家里不差钱，简爸爸认为只要谢华留在 Z 城，想要什么随便提。

然而谢华家里虽谈不上多富裕，买套房子的钱，也不缺。他更想回到 G 城打拼。

爱情的小船说翻就翻，只能又回到第一个问题。

谢华几乎用乞求的语气，希望简佳能和他一起在 G 城生活一段时间。他认为，即使房子买在了 G 城，他们也未必永久生活在 G 城，他的工作时常调动，最终留在哪个城市都是未知数。

然而，简佳拒绝。原因很简单，金丝雀不能离开漂亮的笼子。去未知的地方打拼太累了，她喜欢并且习惯安逸。

爱情的小船说翻就翻。

争吵持续了半年。最终，谢华提出分手。他开始全身心投入工作，结交新的朋友，逐渐从这段没有结果的爱情阴霾中，潇洒走出。

简佳却不能接受。

她在谢华离开后，酗酒抽烟。夜夜买醉喝到东倒西歪，半夜三更打电话给谢华。

“谢华，你知道吗？我很疼，从你走后，我TMD天天心疼，你知不知道。”

谢华往往什么都不说，挂了电话后，让简佳的朋友去接她。

她在朋友圈里，写各种深情哀婉的文字，每一个字都仿佛浸了血，有着血淋淋的疼痛。她折磨自己，自暴自弃，以泪洗面，甚至自虐。从前那个爱打扮、爱逛街、爱玩闹的时尚girl不见了，一夜之间，暴瘦十几斤，人也老了好几岁。

简爸爸简妈妈看到自己女儿的样子，心疼得不得了，咒天咒地咒谢华。简佳的闺密，一个个都仿佛打了鸡血一样，在朋友圈里，大骂谢华渣男。

于是，他在简佳的朋友圈里成了玩弄女性，残酷无情的渣男代名词，人人都能口诛笔伐。他也没有辩白过。日子该怎么着还怎么着。开始新的恋情，转调新的城市。

简佳始终单着，提起他的时候，仍有伤感。于是人人都说她深情，或者劝她一句：“何必呢？”她从旁人处得知谢华的新恋情，又是大醉一场后，给他打电话。

“你怎么可以这么快就爱上别人。谢华，我真的很爱你，你回来好不好？你留在这里好不好？”

他长叹一声。

“简佳，其实，你没你想得那么爱我。终有一天你会明白的。”

很长一段时间之后，简佳问我：“央央，你能明白吗？”

我给她看了周迅的那部电影《我的早更女友》，电影中，周迅不愿意放弃现有的安稳生活，于是拒绝和爱的人去一个新的城市。分手后，周迅早更了。

她把一切归结于太爱他。和简佳一样。

然而，她们都只是看起来很爱他。

如果，真的那么爱，为什么不能一起吃苦？为什么不能跟他走？

简佳说，她已经有这么好的生活，不愿意去拼一个未知的将来。

在自己和爱情之间，她选择牺牲爱情。

当然，她的难过并非伪装。因为选择了A，就注定会失去B。而失去，必然是撕心裂肺的。

所以，他走后，她以为自己很爱他。她看起来那么不堪，那么痛苦，

而他看起来那么潇洒，那么无所谓。所以，看起来，一定是她爱得多一些。

然而，如今已步入婚姻的简佳说，这是女人的伪装。矫、揉、造、作。

大多数女人，都喜欢想象并夸大爱情。想象中轰轰烈烈，失去了就天崩地裂。骗到了自己，糊弄了别人。

我们喜欢把爱情演绎给别人看。认定唯有款款缠绵，不醉不休的情意，才称得上的是爱情。

可，那终究是演出来的，不是真的。

直到爱情接了地气儿，理想撞上现实，才能明白，很多时候，我们都是爱情伪装者。

在这善变的世界，我想看下永远

世界是善变的，人也是善变的。你认识一个人十年，也许每年都在翻船。又有什么关系呢？只要你认准了那个人，只想和他同一条船，你们友谊的小船，就会升华成爱情的巨轮，而且永不沉没。

19 岁那年，我遇见一个人。当第一次坐上火车，去到长春，看到他的那一眼，我想起一句风靡网络的话：妈蛋，人生所有相遇都是久别重逢。

的确是久别重逢。我从未想过，在这个陌生的异乡他地，能遇到一个和记忆重叠的人。

我和冯安伦同乡，同校，同级，邻班。

当然，那是很多年前的事情了。

那时候的林宛央啊，还是一个土得掉渣的姑娘。穿一身洗得发白的蓝校服，缩在教室的角落里，整个人小小的。

不过，没关系，虽然我人小，还好我胸大。班里的男生从我身旁走过，都会看一眼，然后掩嘴偷笑。“麻雀虽小，五脏倒是俱全啊。”不知道语文是不是体育老师教的，他们把这句话的着重音放在了“俱”，以至于我每次听到都以为是“巨”字。

谁说“乳不巨何以聚人心”，其实啊胸大的姑娘都是自卑的。不信你试试，被一群愣头小子，左眼瞥完右眼觑，你会觉得自己身上像是长了痔疮。

还好胖子同桌王小阳心甘情愿当了我的保护神。你能想象到一个170斤的胖子和一个70斤的小矮子坐在一起的感觉吗？

没错，你没眼瞎。你的眼里只有他没有我。

我很喜欢王小阳。因为他胖，还因为他有一堆漫画书。和他做同桌的日子里，我看了万年小学生柯南以及帅爆了的流川枫。

他从来不和我计较，不像冯安伦。

高一的下半年，我们班和他们班同时上体育课。跑完了1500米测试，口干舌燥得要死。

腿短，加上测试的时候为了拿第一名，我吃奶的劲儿都用完了。一步三颤走到教室饮水机接水喝的时候，连特么水都欺负我。

“嗨。你们班早没水了，要不来我们班接啊。柴火妞。”

柴火妞？是在叫我吗？我走过冯安伦面前的时候，刻意地挺了挺胸。

唉，不是最烦别人看自己的胸吗？怎么他看的时候，反而这么自豪？

果然，冯安伦说：“走近了那么一看嘿，火柴头倒不小啊。”

不想搭理他。我声音低如蚊蚋：“能进你班接杯水吗？”

冯安伦堵在门口，“你确定要穿成这个样子，从我们班一群饿狼前面走过。”

刚跑完 1500 米，汗，淋湿了衣服，白色的 T 恤粘在身上，里面粉色的肩带若隐若现。

我不好意思地笑了笑，鬼使神差说了句：“是哦，未免太性感了。”

“卧擦。”

冯安伦走了。

那杯水，我到最后也没勇气去接。16 岁的年纪莫名其妙，明明那么在意别人的眼光，却难以克制地在冯安伦面前语出惊人。

也许，从他在球场上一脚射门，汗水淋漓，也不忘挂上孩子一样笑容的时候。

又或者，再久一点，刚进校门的第一天，我粗心地丢掉了身上所有的钱，躲在操场的角落里，埋首哭泣，冯安伦穿着松垮的校服，走过去，往我手里塞了张纸。

“嘿，别哭了。”

然后那么巧，我在第二天，看见他越过我们班的走廊，走到了隔壁班级。

从那个时候起，我就已经丢掉了盔甲。

他可以多看我一眼，真的，看哪都行。

然而冯安伦说了句：“卧擦。”

那年的春天，带着骚气。熏的人晚上心烦梦多。

我做了一个梦，梦里干了些什么早忘了。只记得梦中依稀说了句：“冯安伦，别动，把被子给我一点啊。”

早上醒来的时候，我有点懵。

这是一个春梦吗？

没关系，室友们肆无忌惮的笑声提醒了我。

这妥妥的是个春梦啊。

梦里干了什么还用说吗？林宛央，您都滚床单了啊。

有吗？没有吗？

我真的不知道。

反正全班人，哦，不，可能还有冯安伦他们班都知道我把冯安伦上了，梦里。

我不再敢在他面前语出惊人了。流言蜚语已经够多了，他一定讨厌我干扰了他的生活。我可以不要脸，但他不能。我还记得，他的成绩在优秀学生一栏里，也能遥遥领先。

我喜欢那个耀眼的男孩子，他不应该因为我，而染上尴尬的粉

红色。

我避他避到了南极，心里结了一层冰。

冯安伦却来找我了，我想完了完了。他一定恨死我，他一定瞧不起我……我站在他面前，恨不得头低到地缝里，双手慌乱地绞着衣服。

他想说什么，最终嘴唇翕动，只留一声叹息。

如果我知道，那是其后很多日子里，我最后一次和冯安伦相对而立。我想那一天，无论如何，我都会抬眼多看他一会儿。

可是我没有，于是我死在恼人的思念里。

何以解忧？去他的曹操和杜康。

我只有书，还有王小阳……的书里一个个醉生梦死的故事。

王小阳的书，种类越来越繁杂了。我记得他从前只爱看漫画，可是现在他看韩寒，安妮，沈从文，张爱玲，还有三毛……

他不会胖傻了吧？

我傻呵呵地笑着，时光呲拉一声，把口子开到了夏天，春光乍泄完了。

夏天热，特别热。热得我和王小阳这个死胖子再也不能做同桌了。

夏天一来，我们就要分班了。

学文的，吊着书袋，装着文青，矢志不渝要做个根正苗红的心灵上师。

学理的，算着勾股，听着精子与卵子的科学相遇，死心塌地要做个正儿八经的科技传人。

王小阳一心想修理飞机，我比他强，只想修理人。所以，这个夏天，我们彼此嫌弃地推开对方。

而，冯安伦，我不知道他喜欢修理什么。可是，很显然，他想走的路和我并不一样。

暑假一过，就开始打扫卫生、收拾东西了。我抱着一摞书从后教学楼到前教学楼去，王小阳挪着笨重的步子追上了我。把一套脂砚斋版的《红楼梦》摞在最上面。

“这书太磨叽了，我不喜欢，你留着做个纪念吧。”

我没吱声，眼泪啪啪地往地上砸，不敢抬头，只能一个劲儿地

点头。

胖子，谢谢你。

高二的生活和高一好像也没什么区别。丢掉了讨人厌的物理和化学，在成绩单上，我开始能比较容易找到我的名字。

哦，好像女生突然多了很多。她们既像林黛玉般伤春悲秋，又像小宝玉一样叽叽喳喳。

那本《红楼梦》我不太敢翻了，妈妈觉得不错，便先替我保管着。

我开始积极地融入新生活，和班里的女生听许巍，看泰戈尔，有时候谈起一段又心碎又纯洁的恋情。

班里的姑娘悠悠失恋了。她拉着我不停哭："央央啊，我告诉你，男人算个屁。我妈说过，爱情就像是走进了一片麦田去挑一个最大的麦穗，挑得太早，便会错过后面那个最大的。我现在不过是把那个太小的给扔了。"

可是啊，谁知道什么是最好的呢？我有麦田就够了。

冯安伦不合时宜地从心底跳了出来。我赶紧拿起黑板擦，把他擦掉，在心底写上"距离高考 121 天"。

胖子来找我。

“央央，你订起来的那本作文集借我看看呗。”

我从放空中抽出来，接过胖傻子的话。

“哪本？”

“就是全是你满分作文的那一本啊。真没见过你这么自恋的人，竟然把自己的文章订成书，天天摸，天天看。”

切。

虽然鼻子里冷哼了一声，但是想起从前揩了胖子很多油。算了，大方一回，也让他揩次油好了。

可是，很快，我就后悔了。

作文集还回来的时候面目全非。脏了皱了也就算了，还自以为是地在上面画红线，圈红圈，写标注。

“胖子，你不是说会好好照顾我的东西吗？”

我把作文集摔在他面前，怒从中来。

“哎呀，你别生气。我借给了我一哥们儿，谁知道他这么埋汰。要不，我给你道个歉。”

我不想要道歉，我只想要那个干净的本子。可是再也不可能了，我把本子扔在了储物柜里。

高考只剩下几天了。

比高考更让我悲伤的是，我们即将毕业了。我和冯安伦还能再见吗？

我选择了一座离家乡很远的学校，那里的冬天永远下着雪。

心结了冰，人就不会太冷了。

毕业的那一天，我喝得很醉。胖子刚开口唱歌，我哇拉一声吐了，屋子里弥漫着酸臭刺激的味道，全场都在笑。

谁会哭呢？冯安伦想起我，会不会有点忧伤。

有些人，一挥手，就是很多年啊。

胖子很有出息，考上了东北最好的大学。

大一下学年，胖子给我打了个电话。

“央央，来我们学校玩呗。请你吃饭啊。”

我记得那是一个冬天，雪很大。风裹着刀子，割得脸生疼。

踩着十厘米高跟鞋的我，站在零下十几摄氏度的绿皮车厢里，冻得直打喷嚏。

“小姑娘，这是去见男友吧。”一个大妈笑得贼邪恶，我瞅了瞅自己，真怨不得别人说，穿的是有点骚气。穿紧身裤给谁看？穿聚拢的C杯给谁看？

火车奔驰了三个小时，到站的时候，怎么都找不到胖子的身影，我急得有骂娘的冲动。

所以，当一双手搭在我肩膀的时候，我下意识地抡圆了过去。

转过头。是冯安伦。

唉！马勒戈壁的荒原上又多了一条想死的汉子，女的。

“啊，那个，我平常很温柔的。”

“像这样？”

他握着我停在半空的手。

“林宛央，你能不能对得起你这个骚气的名字？”

“我……”

“为什么我表白了两次，你都无动于衷？”

“我……”

等等，表白，对我？

我想用手摸摸他的头，不吃药还是别出门的好。

“第一次，在王小阳给你的那本《红楼梦》里。第二次，在那本乱糟糟的作文集里。”

他看着我蒙圈的表情，“卧擦，你不会看都没看，随便扔在哪了吧？”

妈蛋，谁说女孩的心思很难猜。

是的，我真的很懵。这一定是个梦，春梦。

可是胖子发来短信说：请你吃饭，已经有人代劳了吧。后缀一连串坏笑的表情。

如果是梦，让我死在梦里吧。

现在，我只想牵冯安伦的手，吻冯安伦的嘴。如果爱情有地图，我谢谢那个不会画直线的人。

可是，冯安伦你能告诉我，为什么是我，什么时候开始是我？

“还记得你初三临近中考时在学校附近租住的小隔间吗？那个院里曾经发生过一次大火。”

“记得，在我隔壁的隔间。你是救火的人？”

“不。我是放火的人。那天停电，我做功课太累，睡着了，推倒了蜡烛。同住的人，在房东索赔的时候，纷纷落井下石，说我烧坏房子的时候，烧掉了他们在衣服里的几千块钱，让我妈赔钱赔衣服。可是衣服都没烧毁，钱怎么可能烧得一点不剩。你从旁边走过的时候，说了一句，都是舍友，就别趁火打劫了吧。央央，那时候，我就记住了你。”

“就因为一句话？”

“可你，还不是因为我的一张面巾纸。”

原来，他知道。

他早就挖好了坑，等我来填。

热恋时，心里眼里，都只有对方。我和冯安伦，自恋地觉得我们让两个城市的距离，一夜之间，从千山万水化为咫尺之间。

每个周五下午我们都会翘一节课，去见彼此，然后腻上两天。

从最初的小心试探，到后来的如胶似漆。

我说："冯安伦，要吗？我是 C 哦。"

很快，我会为我的这句话付出代价。永远不要去引诱一个男人，除非你做了赴死的准备。

我早已经醉生梦死。从 16 岁那一年开始，上帝判了我死缓，四年后才执行，真是下手太轻了。其实，应该判斩立决的啊。

那些年，好像一直都是冬季，大雪像是从来没有停过，记忆里的冯安伦永远等在那一头，穿着厚厚的羽绒服，站在零下二十几摄氏度的空气里，迎着漫天飞雪……

昏暗的灯光下，雪花簌簌而落，飘满他的肩头，他探头探脑，张望着谁的身影，冯安伦，是我啊，是我啊，知道你在等我，真好。

隔着人山人海，夹着烤红薯、煮玉米的香甜，雪混着泪水，流了下来。轻轻走到他身边，紧握着他的手，怎么都不愿松开。

差一点，我就弄丢了他。

冯安伦说："这可真是，牵一人手，白头到老啊。"

大二的那个暑假，我几乎把家里给拆了，才找到那本早被我不知扔在哪里的作文集。一页一页地翻过，最后目光停了下来。

"如果生命只有两天，一天用来路过，另一天还是用来路过。"真想拆开那个青春期姑娘的脑子，她是有多爱走路，才会一直想着路过。

"路过一次就好了，另一天，请你遇见我。冯安伦。"他的字挤在一堆红圈圈里，谁懂呢，年轻时候的喜欢也许就是欲迎还拒的吧。

然而，那本《红楼梦》，我翻烂了，也没找出个毛球。我蹲在地上，哭得撕心裂肺，妈妈走过来，我本能地把鼻涕往她身上蹭。

"妈妈，我曾经失去了整片麦田。他们说，一直走，你会遇到更好的麦穗，可是，对我来说，我的麦田有那一个麦穗就够了。"

她把一张纸塞到我手里，"也许你的麦田，一直都在。"

"林宛央，那天你在我面前刻意挺胸，说自己很性感。你知不知道，

你的样子很好笑，可是，我竟然好笑地一想起你，就想笑。每天两节晚自习之间的课间十分钟，我都会在足球场上，一直等你，直到你来。”

“央央，原谅妈妈，毕竟那时你太小。”

没关系，我把冯安伦的手握得更紧了。

就像雪，下得越来越紧。

……

2015 年，我结婚，请柬没有发给冯安伦。一个月以前，我收到他的礼物。是一本纪念册，里面只夹着 192 张车票。长春—沈阳，沈阳—长春……

我已经不太会流泪了。

哪怕王小阳给我带来的礼物是一箱子旧书。

“央央，我一直想说，这些书……”

“有些话，不用再说了，我懂。明天结婚，不如你来当伴郎。”

婚礼上，新郎说：“我会永远爱你，你愿意吗？”

我把手放在他的手里，不再去想什么。

结婚当天的晚上，送走了所有宾客，我们一帮老同学，又攒了一桌。很多人都是很久没见了，大家喝起酒来，没那么多客套。冒着热气的烤羊肉，有股子火熏火燎的味道，浓浓的烟火气息，真好。

不知是谁应景地放起了烟花。王小阳醉醺醺地说："央央，这盛世，可如你所愿。"

呵呵，死胖子。不过以后恐怕不能再这么叫他，毕业这么多年，就他变化最大，早就瘦得脱了形，现在可是标准的美男子。

大家一起抬头看烟花，一朵一朵，开了又落。老同桌小七说："人生真特么像这烟花，瞬息万变。"

我一口喝完手里的酒，笑得花枝乱颤："可是啊，冯安伦，我想看一下永远。"

全场安静了几秒，然后是哗哗的倒酒声，嘎嘣脆的碰杯声，我听到他们说："那还多说什么啊，来，这杯酒，祝央央和冯安伦新婚快乐。"

上方，一朵菊花，又炸开了。

我倒在冯安伦的肩头，也许早该醉了。

我们要彼此成全，
我们要永不翻船

我希望，我可以爱一个人，从最初到最后。如山涧清泉，目视月圆月缺，从春分到秋至，由白昼到夜晚，他始于我的曾经，贯彻我的未来。他让我不用过分担心，那艘爱情的小船会说翻就翻。

遇见阿奇以后，萧萧从未想过，有一天自己会失恋。说起她和阿奇的相识相恋，几乎可以拍成一部高质量的偶像剧。

青梅竹马，
男才女貌。
门当户对，
长跑 6 年。

萧萧一直以为自己可以继续跑下去，直到结婚生子，头发花白，再寻一风水宝地……咳咳，反正她是这么想的。

只是，她没想到，在她疯狂做梦的同时，阿奇的手，渐渐松开。她难以置信地看他越走越远，在梦里泪水涟涟。

萧萧自嘲：我是想给未来牙齿掉光光的自己找一风水宝地。却怎么莫名其妙地埋掉了爱情？

是的，萧萧失恋了。

和一个穿开裆裤时就认识的男孩，经历了甜蜜的两年热恋，熬过了艰辛的四年异地恋。却在他来到这个城市的时候，分手了。萧萧心想，阿奇真是绝情，连7年之痒，都不愿让她感受一下。

没什么狗血的第三者剧情，也没有什么乱糟糟的家庭矛盾。他们的分手是世界最简单的理由：不爱了。哦，准确地说，是阿奇不爱了。四年的异地恋，磨光了他对爱情的热情。他说，他甚至已经想不起萧萧的样子。

“我们无话可说，我们到此为止。”

这是分手前阿奇对萧萧说的最后一句话。

就这样，萧萧失去了自以为天荒地老的初恋，成为了一个26岁的单身姑娘。

她把所有精力投入在工作之上。看起来格外的忙碌，其实只有她

自己知道，她在逃避。逃避失恋的痛楚，逃避妈妈的抱怨与唠叨。有个前辈告诉她：当你忙到忘记自己的时候，你就不会觉得心疼了。

而阿奇，告别了萧萧之后，在这个城市念起了博士。

也真是奇怪，从前恋爱的时候，天南地北，两个人也总能见到彼此。现在，同在一个城市，却从未再遇到对方。萧萧想，也许缘分真的尽了吧。

沉寂于工作一段时间之后，萧萧开始疯狂地相亲。为什么不呢？放着这么多秀色可餐的花美男，她才不要浪费机会。她告诉自己，一定要比阿奇更早结婚。

可是，貌似没那么简单。

萧萧和不同的男人约在不同的餐厅。她以为自己足够强大，其实不过是别人对她手下留情。现在她毫无顾忌地坐在陌生人面前，就无法避免别人的伤害。相亲先生们无一例外地直接，他们观察她的身高、三围，询问她的职业、收入、家庭。层出不穷的问题，偏偏没有一个和恋爱有半毛钱关系。

她看着自己的 A Cup 和 160 的身高，想着自己普通的家庭与收入，是从未有过的失败和耻辱。

就这么耗了一年，眼看自己要成老姑娘了。阿奇却成了新郎，当然，新娘不是她。她连请柬也没有收到，萧萧知道那是阿奇可怜她，不想再给她任何刺激。

然而她得承认，她还是被虐到了。

被虐的后果是，她更没脸回家了。青梅竹马，就这一点好，你被甩了，街坊邻居全都知道。

和大冰在咖啡店里，“被迫”相遇的时候，萧萧觉得啼笑皆非。

“你不会就是我今天的相亲对象吧？”

大冰整了整自己白色衬衫的领子，不置可否地笑着。很显然，不是吗？

沉默了片刻，大冰冷不丁抛出一句：“你来相亲，难道都不问对方的名字吗？”

萧萧尴尬地笑了。从前她也是问的，后来次数多了，被打击得太惨，她已经对相亲不抱希望了。既然知道终究陌路，何必过问人家的名字。所以，每一次，当妈妈细数对方状况之时，她都连忙打岔：“我的亲妈，你给我留点神秘感成不，告诉我地点，剩下的我自己问他。”

其实，妈妈也还是说了名字，只是萧萧自己没听。她只记得，他

在这间咖啡店 32 台，穿白衬衣，黑裤子。

可是，那么明显的，大冰知道来的是她。

说不定，说不定，他对她有一点点意思呢？

可是，怎么可能呢？初中同班，高中同校，他始终没和她说几句话，背地里对她的评价也是一般般。

不过，管他呢，萧萧只知道那一顿饭吃得很开心。

这些欢快但略显尴尬的相亲之后。大冰开始经常来找萧萧，大冰今年刚从遥远的新疆调到现在这个城市，他戏谑地对萧萧说：“以后，我会经常来烦你的。”

半夜喝醉给她打电话；下班开车堵在她门前；带她去吃这个城市的各种美味；以各种莫名其妙的理由送各种稀奇古怪的小礼物给她。

萧萧有点把持不住。可是，她退一步，他便往前进两步，她越来越有窒息的感觉。

算了，要不就从了他吧。萧萧觉得自己对大冰也并非没有心动。至少，她喜欢他醉酒时打来的那通电话，也只有在那通电话里，他说过喜欢她。其他时候，他追她再紧，也没说过喜欢啊，爱啊之类的话。

萧萧喜欢大冰小心翼翼的态度。一个人，只有对自己喜欢的东西，才会小心翼翼。虽然，她并不是东西，唉，好像这么说，也有那么点奇怪哈。

一年之后，萧萧二十八岁，奔波于城市的东南西北，去挑选一款合心意的婚纱。她说，婚礼是一件太过庄重的事情，她要有点仪式感。可是其他事情，她帮不上什么忙，于是只能忙乎在婚纱上。

没错，她要嫁了。新郎是那个相过亲的大冰，是那个认识了十几年的大冰。婚礼上，她笑得灿若桃花，他却有按捺不住的紧张，给萧萧戴戒指的时候，伸出的手抖个不停。

萧萧想，从来都是恨嫁。哪有人这么恨娶。

晚上，请一帮远道而来的同学吃大排档。大冰的大学同学，在一片烟花中，一脸贼笑地对萧萧说："唉，这小子终于如愿以偿啊，你不知道，当年，刚知道你有男朋友时，他……"

话没说完，却被大冰打断了。

"萧萧，这小子喝多了，你别理他啊。"

萧萧笑着点了点头。她不是那种很别扭的人，他不想让她知道，她又何必和自己过不去。重要的是，现在他们很好。

萧萧的闺密喝多了，凑在萧萧的耳边："萧萧，六年啊，种棵树，也要结个果不是？可你和阿奇，最终各奔前程，你会不会不甘心？"

萧萧抬头，看了看大冰。良久，无比坚定地说了那么一句：不会。

大多数女人不都没有嫁到最初的那一个吗？她遇到了大冰，彼此深爱，何须不甘呢。

她对自己说：爱不到最初，爱到最后也很好啊。阿奇是六年，大冰是一辈子。

可是萧萧从不知道，她以为的最后，一直沉默地喜欢着她。然而，长久的暗恋让大冰无法开口。终于有一天，他鼓足勇气，想要告诉她，他一直喜欢他。却接到阿奇的电话，他说他恋爱了，女友是萧萧。

大冰愣了很久，最终拉上室友，狂吃海喝了一通，在 KTV 里，唱着伤感的情歌，掩饰自己的情绪。那以后，他很少再提起萧萧，直到前年，他得知她失恋，直到去年，他的妈妈很好笑地告诉他，家里给他安排了一场相亲，对方和他初中同校，高中同校，问他是不是认识。

他听到妈妈说出萧萧的名字，高兴得不知所以，却假装淡定地来了那么一句："不认识，但可以见见。"

就这样，他见到了萧萧，辞掉了原来的工作，留在了现在这个城市。他对萧萧说，他刚从新疆调动回来。

萧萧说，爱不到最初，爱到最后也很好。

大冰说，你是最初，也是最后。

全世界都不知道谁在等谁。或者谁都等不起谁。

可是，大冰在等萧萧。从最初到最后，由起点到终点。

没关系，我知道，你会遇见很多人，爱过很多人，但是，只要最后是你就好。

爱情的巨轮说沉就沉，我们要彼此珍惜

很多时候，你戒烟，你戒酒，你戒掉一切坏习惯，唯独，戒不掉爱情。你换房，你换车，你换个发型，唯独，换不掉喜欢的人。你翻天你翻地，唯独翻不掉爱情的小船，戒不了，翻不掉的都是真爱。得不到，已失去的都在骚动。就像亿万网友说的，你爸你妈又没离婚，扯什么不相信爱情的淡。

2015年的冬天，我在一个初雪的日子，于夜半时分，招待了一个因游泳而结交的挚友。

她坐在我面前，像进了自己家一样，把包随手往沙发里一扔，浪费了我一盒抽纸。然后眼角含泪，可怜兮兮地问了我那么一句：“你还相信爱情吗？”

瞬间五雷轰顶。这个大雅大俗，21世纪的世纪难题，我要怎么回答。

我说，我给你讲个故事吧。

2008年的冬天。姑娘宛溯睡在我的上铺。

“溯游从之，宛在水中央。”她的父母一定相当熟悉《蒹葭》，才给了她这么诗意的名字。姑娘体貌娇小可人。一男孩子向她表白，说她是他的全世界。姑娘“哦”了一声，回了句：“对不起，我没想到你的世界这么小。”

我们学校是师范学校，肉多没狼，隔壁学校是科技大学，狼多肉少。为了爱情事业的可持续发展，两个学校的学生会经常举办联谊活动，把我们这些肉往狼嘴里送。

一理工科男生瞄上了姑娘，拿着一枝花送过去，姑娘愣了半天，看着半蹲的男生，本想说句“谢谢”，一张口来了那么一句：“平身。”全场爆笑，男生窘迫得满脸通红，愤愤而去，从此见到姑娘，便拔腿就跑。姑娘不解地看了看笑得人仰马翻的同学们，又来了那么一句：“退朝。”

我去，真以为自己是皇上呢！

这一下，不光理工男，半个学院的人看见姑娘都绕着弯走。虽然她一直和我们解释，那天只是看穿越小说入了迷，主动代入剧情，但大家还是生怕一不小心被她一句话噎得吞不下去，吐不出来。

姑娘一再提醒自己要小心翼翼，口下留情。然而，还是无数男人

前赴后继为表白而来，最终因吐血倒地不起。英语系一学霸师哥不信这个邪，苦修真经秘籍，打通任督二脉，扬言要一招撂倒姑娘，最终被姑娘一句“学长，这么冷的天你没穿秋裤啊”震得他满地找牙。

唉，老子信了你的邪。

最终打破宛姑娘这个“邪”话的是一个其貌不扬的男生。

据说，姑娘在人人网（那时候这个社交网站在大学中还是很风靡的）发了一条状态：“说好了一起减肥，如果我偷偷吃，反正没人看见，也不算违约啊。”

该男回复：“人在做，天在看。”

从此姑娘一颗芳心便被俘获。

男生叫冯峰，宛溯的高中同学。不过那时，最多算脸熟，基本没说过几句话。毕业后也没见过面，只是在人人网里加了好友。

然而冯峰却说，他喜欢她的自黑与萌蠢，在他心里，她一直都是一个很特别的姑娘。

高一，一次晚自习，冯峰心情不好，去上课的时候一脚踢开了教室的门，长驱直入，巡视纪律的老师回过神来的时候，只看到宛溯恰好站在门外，抱着一本书，低着头，一副做错事情的样子。后来宛溯便被老师罚到操场跑 3000 米。冯峰去卫生间的时候，站在走廊里，看着她气喘吁吁的样子，不知怎么的反而更生气了。明明，那天他踹门的时候，她就站在他后面。

高三的暑假，妈妈和堂哥送冯峰去大学报到。凌晨一点的火车，九月的天气，一到晚上就很凉，不少人，因为没带外套，冻得瑟瑟发抖。冯峰远远看见，宛溯把自己的一条毛毯从行李中翻出来，递给了一个姑娘。

“就你好心，显摆什么呀。”他气鼓鼓地上了火车，却发现前面不远处，她一边把自己的车票递给检票员，一边挥手和妈妈说再见。后来冯峰才知道，原来她也考上了东北的大学，不过他在哈尔滨，她在沈阳，那列火车，终点到哈尔滨，途经沈阳。

冯峰主动约宛溯见面。宛姑娘脸皮薄，不好意思去。但经不住我们宿舍一帮损友的瞎起哄，最终还是赴了约。

第一次见面，老天爷不给面子，呼呼大雪噼里啪啦扇的人脸疼。宛溯穿着厚厚的羽绒服在沈阳西站等待冯峰。

小伙子精心收拾，一身暗绿色格子西装搭配白色衬衫，外套一件黑色风衣，看起来绅士极了。虽然，样貌一般，但架不住身材好啊。

可能因为等得太久，宛溯冻得打了个喷嚏，冯峰脱下自己的风衣，给她披上。向来荤素不忌的宛溯，脸唰地一下就红了。吭吭哧哧地说：“要不，你还把你的风衣穿上。”

小伙子一听，特开心。心想这小妞还挺知冷知热的。谁知道小妞话锋一转，来了句："里面那件，看起来太像一只乌龟了。"

然后呢？然后呢？宿舍的姑娘们很好奇，冯峰究竟是怎么挡下这"绵绵刺骨针"的。

"也没什么，他就是快步地超过我，然后对我说：走快点，别像个王八一样磨磨蹭蹭。"

虎躯一震，集体笑趴。

从此，"乌龟"与"王八"组队打BOSS。

有时候，我们开玩笑喊她"王八小姐"，她也不生气，乐呵呵丢下一句，乌龟王八配，天生一对，天长地久。

唉，哈工大的高才生啊，高考648分的学霸啊，一米八的学生会主席啊，就这么折在这朵奇葩的手里。

然而，几乎人人都爱这朵奇葩。大学四年里，她是最勤奋好学的，成绩全系第一，每到期末考的时候，一堆人争着坐在她的前后左右，实在不行，斜后方也是可以的。她总是很热心，宿舍里谁有个头疼脑热，都是她陪着一起上医院，有一年H7N9病毒肆虐全国，宿舍里一姑娘偏偏发了高烧，是她戴着厚厚的口罩，打了个车送她去医院。

放心，没人骂她圣母婊。因为她鲜少品评别人的对错，只是做一些自己甘心去做的事情，别人怎样想，她不关心，也管不着。所以在大多数人眼里，她就是一个有点傻又有点萌的小怪物，因为不耀眼，所以招人待见。

但在我们这帮鬼混已久的舍友心里，冯峰才是捡到宝的人。因为他遇到的是一个死心眼的好姑娘。

那年冬天之后，世界多了列火车，我们称其为“宛峰专列”。每一周，宛溯或者冯峰都会乘坐火车，到对方的城市去看他（她）一眼。

一个从不翘课的姑娘，在毕业前一年，翘了整整十节的思修课。

一个根正苗红的好少年，无数次爬过学校的围墙，去见他喜欢的小怪物。

冯峰问：你为什么选择我？

宛溯答：因为眼神不好，心眼太好。

宛溯问：那你为什么选择我？

冯峰答：因为没有选择啊，哈工大都是公狼，你是母的。

2010 年，春暖花开。

冯峰说：我要考研，你能不能这两个月不联系我。

宛溯说：好。

2010 年，下雪了。

冯峰放弃了考研，没有告诉宛溯。他几乎不再给她打电话。

2011 年，新年。

冯峰说：我们分手吧。

宛溯说：好。

没过几天，冯峰又说：你再也不要找我，行不行。

宛溯说：好。

爱情的小船就这么说翻就翻了。

于是，毕业，吃散伙饭，唱歌，喝酒，醉倒，然后各奔东西。

宛溯一个人背着包回了家，拒绝任何人来送。

冯峰在车站里，舍友为他送行，一首《兄弟》号得惊天地，泣鬼神。

“小伙子，你怎么哭了。”

“没事，大妈，就是那帮人歌唱得太难听了。”

大妈听了听。

“嗯，是挺难听的。怪不得你被气哭了。”

有人挥挥手，一个转身，大学四年就落了幕。

闭幕之中，远远地仿佛听见有人大喊：“放不下，就不放。散不了，就不散。”

放不下吗？宛溯想，也许是的。但她是一个简单的姑娘，放不下，就索性不放。把那些人、那些事留在心里。然后该吃吃，该喝喝，牙好，胃好，吃嘛嘛香，身体倍儿棒。

散不了吗？冯峰想，未必吧。就像当年他说考研，让宛溯不要找他，她就一个电话也没打来。他说分手，她就说好，他说不想见她，她就真的再也不来找他。他那么伤心，她却那么平静。也许，她真的不喜欢自己。明明是他甩了她，冯峰却总有一种自己被抛弃了的感觉。难道，男人，真的容易犯贱。

是，冯峰承认，那时候的确谈恋爱谈得腻歪了，可要不是他们彼此忽视……

他的电话从来没换过，他根本用不着考研究生，他的成绩早就定好了本校保送，骗她考研不过是男孩子的欲擒故纵，想知道她到底在不在乎他。只是她不关心，所以才没留意到这些细节罢了。

可是，更犯贱的是，她不打一声招呼就走了，他连研究生也不念，追她来到了这个城市。当然，不念研究生，也是觉得没必要，他想要从事的销售管理行业，名牌本科的学历足够了。他可没那个脸皮装情圣。

然而，他死也没想到，他会收到宛溯的短信。

“四年前，你先泡的我。公平起见，现在我想泡回来。”

这回，轮到冯峰说“好”。

于是两个人兜兜转转，又在一起。宛溯说，他们就像开水和泡面，标配。

2015 年，冯峰和宛溯结婚。

冯峰问：为什么又想和我在一起，不怪我当初甩了你。

宛溯答：虽然我眼神不好，但心还不瞎。还有，放弃你，臣妾做不到啊。

宛溯问：那你为什么想都不想就同意？

冯峰答：我贱故我在。

宛溯：我不喜欢你了，我们分手吧。

冯峰：不会吧。刚泡完，你就想甩掉我？

宛溯：我是说，这句话，永远不要再对我说。

宛溯说，两个人在一起，争吵、分离都很正常。哪怕你用个电脑，也要让它偶尔宕机。有些事情既然已过去，何必在乎。忍受不了长久分离，那就在一起。

好吧，故事讲完了。

现在，他们仍然深爱彼此。

你说，我们应不应该相信爱情。

就像亿万网友说的，你爸你妈又没离婚，扯什么不相信爱情的淡。

哭泣的朋友，拿上包，回家了。你有戒不掉的习惯，她有换不掉的人。

爱情的小船说翻就翻，还不是因为彼此不珍惜。

就是喜欢你看不惯我又干不掉我的样子

"亲爱的，我感冒了"，"多喝热水"，爱情的小船说翻就翻；"亲爱的，我肚子疼"，"多喝热水"，爱情的小船说翻就翻；"亲爱的，我胃疼"，"多喝热水"，爱情的小船说翻就翻。可不可以，别在爱情里敷衍我。

1. 别说我认识你

现在，特别流行一个词，叫段子手。还有的人，称其为逗比。

我认识他的那会儿，还没这么FASHION，所以，我把他的特质，叫作幽默。

理工科的他是一个小胖子，走起路来，像青蛙爬啊爬。第一次见他的时候，觉得他很腼腆，没话找话的我说："你们同学都怎么评价你？”

他一边喝咖啡，一边悠哉地说道：“他们觉得我稳重。”

我心想：男人稳重点挺好。

他接着又说：“又重又稳。”

我一口卡布奇诺转圈喷。我是 24K 纯瞎，才会觉得他腼腆。

第 N 次约会，在长春南湖公园划船。俩人撑着长篙，一路晃晃荡荡，把船划到了湖中心。每次感觉船会翻掉，又每一次都化险为夷。虽说穿有救生衣，可是对于还没学会游泳的我来说，这个约会真是提心吊胆爆了。

我说：“你是故意的吧？是不是巴着我掉下去，好来个英雄救美，让我以身相许？”

他连连摆手说没有。“哪能呢？万一你要掉下去，被别人救起来，对别人以身相许怎么办？”

刚准备为他的“吃醋”感动，他紧接着又来了那么一句：“不过以你的姿色，以身相许有点委屈人家了，还是让我委曲求全吧。”

爱情的小船说翻就翻。

有一阵儿，我运气特别不好。总是对他发脾气说要找个先生算一算，看我五行缺什么？顺便忽悠忽悠我怎么能转运。

他说不用了。我就是大师。

“那我五行缺什么。”

“缺心眼。”

我用 360 度纯白眼珠抗议他。

他说：“没事，你马上就要有大运了。”

我满心期待，问他什么运。

“再有几天过年了，必须春运啊。当然，你是女的，还可以怀孕。”

滚粗。爱情的小船说翻就翻。

过年去我家。我妈和他闲聊，问起他高中的成绩。

他说高一高二成绩不太好，高三比较好。

我妈问：“高三能排班级多少名啊？”

他极其嘚瑟却故作谦虚地说道：“一般是第一名。”

我妈一听果然很乐呵。心想这小孩挺上进，能用一年时间从成绩不好变成全班第一。估计脑子也好使。

便接着问道：“那高一、高二呢？”

他假惺惺地答：“第三名吧。”

我弟听了，凑我耳边说：“姐夫挺谦虚啊。”

亲情的小船，爱情的小船说翻就翻。

最近一次，两个人一起吃爆炒蛏子（流口水），每回他挑的都是张开了口，等他去吃，一到我挑，全是合着的，不能吃。懊恼，我对着蛏子抱怨，为什么你们都不开？

他抬起头淡淡地说：它们想不开啊。老婆，你可不能因为蛏子想不开，自己也想不开啊。

滚丫的，我是真的想不开了。

2. 本宝宝很生气

我生气的时候，挺无理取闹。特矫情地对他大吼：“你无情，

你冷酷，你残忍。”他心情好的时候，笑回我：“别把自己当琼瑶，早过时了。”

气极的时候，也说过重话：“你看看你自己的样子，简直一无是处，怎么看都不顺眼，当初真是瞎了眼，才会看上你。”

当然，通常过不了几分钟。我们就莫名其妙又笑到了一起。

“你不是说瞎了眼才看上我吗？”

“那是装瞎呢。”

“你不是说怎么看我都不顺眼吗？”

“那是我带着墨镜呢。看啥都有点模糊，看差了。”

“那怎么现在又看顺眼了。”

“那我不是刚把墨镜摘掉嘛。”

“你不是说我一无是处吗？”

“不，不，不，你不是一无是处，你还有毛病。”

爱情的小船说翻就翻。

前一阵，我和他大吵。他一怒之下摔门而出，过了不到二十分钟，又转悠回来。我堵在门口，不让他进来。

“你不是说，谁今天要是再回来，谁就是小狗吗？”

“汪汪！汪汪！”

“你不是说，谁要是再回来，谁就是孙子吗？”

“奶奶，快让我进屋。”

“你不是说，踏出这个门，就不再踏进来吗？”

于是，他团成了一个圆球，滚了进来。

好吧，我已无力吐槽。

任由那个球在进屋的瞬间，随手把拎着的东西往桌子上一放。

他去看电视，我打开袋子，是我念叨了一周，想得流口水的元祖雪月饼。

我很生气，为什么他从不道歉又不解释。大男人架子端得高高的。

3. 炫爱高能预警，单身狗速速回避

最近很流行微信运动。本来老忘带手机的我，也为了拼步数，开始时常带着手机。

但是，因为诸多原因，一直没能在朋友圈中占据第一名。好不容易有一天，逛大街，走小巷，才挤进了前三，而且离第一名只有几步之遥（我亲爱的朋友们，你们是用生命在走路吗）。

晚饭后，他突然说："老婆，我们一起散会步吧。"

一想着能超越第一名，我兴致高昂，立马同意。眼看就要第一了，不解风情的第二名刷新了数据，远远甩我几千步（你好歹等我截个屏啊）。

他看我拿出手机，立马凑过来问："这下你是第一名了吧。"

"你是因为这个才拉我散步？"

"才怪，只是觉得养肥你这么久了，是该拉出来遛遛了。"

爱情的小船说翻就翻。他瞅了我手机一眼，顺势拿走了我的手机，把我一个人扔在原地后，开始绕着小区跑圈圈。哎呀呀，爱情的小船说起航就又起航了。

半小时后，他回来，不着头脑地问我一句："你是不是生在半夜两点。"

"好像是吧，为什么这么问？"

"不难猜啊，因为半夜两点是丑时。"

嘿，你给我过来，我保证不打死你。

我保证不打死你，因为我知道是你让我占据了那一天微信运动的封面。我忘了告诉你，当第一名其实没那么开心，但你跑步的样子我很喜欢。

前几天，他对我百般讨好。

我说："你做了什么亏心事，从实招来。"

他说："没啊。我就是想讨好你。"

我说："你别对我这么好，瘆得慌。"

他说："我做不到。因为我就是猴子派来的暖男啊。"

拜托，我一直以为暖男是萌帅萌帅的。

原谅我不是故意虐单身狗，可是真的任性忍不住。

有朋友问过我，为什么会是他。我说爱上他那天，上帝关了灯，碰巧我高度近视。不能用眼看，只能用心选。

他是逗比没错，却也是最温暖的段子手。

他的确不是男神，可是全世界我只贪一个他，只想给他一人生猴子。他是很无赖也没错，可是我知道他的每一句调侃都能逗我开心。

他永远不会道歉也没错，可是有些对不起，根本不用说出口。

我说：“有时候，真是讨厌你的贱样。”

他说：“没关系，我就是喜欢看你看不惯我，又干不掉我的样子。”

爱情的小船 ，翻还是不翻呢？脑仁疼。

Chart3 | 梦想的小船说翻就翻

我不愿
向这个世界投降

我们正生活在一个浮躁的世界，人云亦云者多，清醒自持者少。航行于路途，比装备更重要的，是有一双明辨方向的眼睛。轻易向浮躁的世界投降，小船说翻就翻。

人最悲哀的事情，莫过于，和一群人狂欢，你觉得寂寞至死。和自己孤独相处，又觉得无聊至极。

没什么比这更惨的了。你对世界不满意，对自己更不满意。看尽周遭，满目荒唐，于是你开始天天被鸡汤洗脑，美其名曰：治愈。

然而，写着鸡汤的人，未必自己喝鸡汤。世界上的大部分人，都没有活在自己的想象中。这也是为什么，鸡汤文得以盛行。因为我们期待有那么一个人过着自己想过的生活。

奇迹，只要正在发生，万物就总有点希望。

活出自己想象的人生。容易吗？

不容易，什么都按照民众的心意推进，世界的秩序谁来执行？

然而，活成自己不讨厌的样子，容易吗？

严谨点说：也不怎么容易。

你不喜欢事事拿金钱来衡量，可是这个世界笑贫不笑娼，没有钱步步惊心，有了钱步步惊喜。好吧，那就妥协，先说钱，再说事……

你不喜欢八面玲珑，人前吹春风，人后刮大风。可是，满世界都在聊着情商这个感人的话题，不好好说话情商低，特立独行情商低。为了表明自己不是弱智，唉，暂且退一步吧……

你不喜欢爆粗口，动辄贱人挂嘴边。可是社交平台里，“绿茶婊”、“小裱贝”诸如此类的文章大行其道，你不跟上去掺和一下，立马有人跳出来说你“逼”格太低（曾经有一段，我也用过这样的词汇，后来，一个出版界的前辈告诉我，我们对文字应当保持一定的尊重）。然而你不想成为所谓的“low”，那就大家一起“婊”来“婊”去……

你一直相信世间终有爱情。可是三姑六婆告诉你，爱情“食”不

饱腹，“衣”不蔽体，在这个高尚的社会里谈爱情，不是你有病，就是你太俗。我俗吗？我不俗！为了坚定地和大众站在统一战线，你出来大喊：“我再也不相信爱情了……”

终于，你从一个不物质、不虚伪、不偏激、不现实的可爱的人，变成了一个拜金的、圆滑的、激进的、冷血的，连自己看了都讨厌的人。

讲真，别说你不愿意和自己待一会儿，谁都不愿意。因为大家太像了，我们在一起就像勒庞笔下的“乌合之众”，我们在一起，让我确信，勒庞所言非虚：

“我们进入的时代，千真万确是一个群体的时代……群体不善推理，却急于采取行动。”

是的，我们不善于推理，我们没有信仰，我们淹没在人云亦云，我们迷失在人来人往。

我们不知理性为何物，思考为何物，急忙忙兴冲冲往前走，心里有个声音催促你，快点快点，再不随波逐流，你就掉队了。

终于，没掉队。终于，你想起来，停下来，看看四周。

四周，一群没有脸的人，你找不到自己，也找不到别人，天下皆黑。

你惊惧：我怎么会成了现在这个样子。

然而，就是现在这个样子。

70的人，看80、90这一代，认为我们毫无信仰。

有人回击曰：金钱就是我们的信仰。

我承认，我喜欢金钱，它给我吃给我喝，给我为所欲为的自由。可是，它不应该成为我从众、媚俗的原因。

我想和这个世界不一样，我想站在黑暗的影子下，眺望新一轮的阳光。

然而，我发现很难。

比如，我不喜欢办公室政治。我希望年终奖金只和成绩挂钩。我试过，最终被现实反抽了一巴掌。成人的世界很复杂，想说的话不能说，不想说的话往好了说。总之，你总说大实话，就一定不招人待见。你的年终奖金和能力相关，更和眼力相关。

一个95后的妹子问我：你敢不敢特立独行？

我想告诉她：不是我敢不敢，而是我能不能。

这个世道，想成为一个特别的人，也是要论资排辈的。

你看王思聪，就很特别，个性突出到屌炸天。他可以公然和范冰冰叫板，也不捧任何名人的臭脚。他的心中自有一套是非黑白。当然，由于他炮轰的对象，粉丝群体也挺大，曾经一度，他非常不受待见。但，他是有自己的态度的。

然而，很多话，他说了没事，你说了，分分钟出事。

原因，你知道的。他的背后站着无数个万达，你的背后，只有无数个路过万达也不会看你一眼的人。

没有钱，你拽什么个性？

我曾经遇到过一个朝圣的人，她穿越人山人海，走过大道明明。她在夕阳下叩拜，在日出前伏地。她衣衫褴褛，面容清朗。我问她走向何方，她说踏遍青山。她已经走了很多年，还要再走无数个日夜。

她谁都不用讨好，只要讨好自己就好。

我做不到。

这般孤注一掷的决心，我没有，这般强大的灵魂体系，我也没有。我逃不掉红尘羁绊，人群熙攘。

灵魂不富有，你凭什么搞特殊？

所以，最终，大部分人都沦为凡人，在世俗里翻滚，在一成不变中老死。生活枯燥得如 1+1=2，2+2=4……就是这么有规律，十年前和十年后的差别，除了皱纹和小肚子，再也没什么了。

我也是这么一俗人。

所以，我绝不会像一些鸡汤文那样，鼓励你辞职，去看看那么大的世界，我也不会告诉你，前方有诗和远方。

因为，前方可能一无所有。

你期待的改变，在没有能力变现的时候，纯粹是瞎折腾，只会让你的生活充满惊吓，而非惊喜。

那些背着包就去旅行，说走就走的人，你只看到了他将要去的地方，你看不到，他从哪里来。

那些告诉你，放弃很稳定，追求很刺激的人，将来一定不负责你动荡的人生。

你想和这个世界不一样，就必须接受潜在的秩序，先求同后存异。

当你的能力，撑不起你的梦想时，你要做的不是追逐梦想，而是暂时放下梦想，追逐能力。

没有人愿意做俗人。

我知道，你不喜欢现在的自己，现在的生活。

然而每个人，都必然经历一段晦暗的时光。

那段时光里苟且的自己，讨厌极了。

然而，请你忍耐、珍惜、认清不好的自己，然后在成长的道路上，一点点抛弃这个讨厌的自己。

终有一天，你可以不计较金钱，不计算人心，不随波逐流，不那么现实。然而，凡此所有，绝非一蹴而就，绝不是读几篇鸡汤文，出外旅行几次，结交几个高大上的朋友就能搞定的。

想要丢掉不好的自己，脚踏实地去工作，认认真真去成长吧。

想要和这个世界不一样，那么在和这个世界一样的时候，别停下。强者和弱者之间唯一的差别，只在信念是否坚定。

我敢和这个世界不一样，因为我终将能和这个世界不一样，你敢吗？

和喜欢的一切在一起

人生，好事情坏事情都很多，你要有化繁为简的能力，拒绝为难的，和喜欢的一切在一起。

我犯着一个天下女人都爱犯的错误。

囤货。

周末，如果没去别的地方。就一定是在商场，逛逛逛，买买买，然后一周之后，悔悔悔。

最近一段时间我胖了十斤，怎么穿衣服都穿不出还是一枚瘦子时的感觉。于是弃战衣，备战鞋。

各式各样的鞋，被我从整整齐齐的商场橱柜，搬到乱糟糟的自家壁橱。红的、白的、黑的、高跟的、细根的、平底的。

兴奋于眼花缭乱。

溃败于一筹莫展。

我永远不知道第二天上班应该穿上哪双鞋兴风作浪去，每一双看起来都还可以，也只是还可以。

好吧，那随随便便，马马虎虎穿上一双吧。

我跳着脚在家里狂怒：我一双鞋都没有。

女人是多么不可理喻的动物。

我妈目瞪口呆指着一柜子的鞋，就差骂我一句：你眼瞎了吗？

我比她委屈，因为我真的找不到一双怦然心动的鞋。

看似琳琅满目，实则一无所有。

谁说女人的衣柜里，永远都差一件风衣？

其实还差一条仔裤，差一件白衬衫，差一条小红裙。

买得再多，也弥补不了那种莫名的躁动与不安。

没错，你掌控不了你的衣柜。

太多、太杂、太没有章法、太没有规矩，当然也就不容易掌控。

怎么办？

答案，想来想去，还就一个字：扔。

对此某人嗤之以鼻：就你？一瓶老干妈都能放在冰箱里，细细品味，三日不绝！

But，老干妈是我喜欢的。而且，它是经典百搭的，配馒头、配米饭、配面条、配饺子，都没！有！压！力！

所以，掌控衣柜，从扔掉不喜欢又不实用的物品开始。

PS：如何鉴定喜欢与否。

很简单，买回来一个月之后，拿在手里，如果怦然心动，是为喜欢。如果可有可无，基本可以扔掉。

PS：如何鉴定实用与否。

我不是时尚达人。不过如果一件单品可以像老干妈一样，放在哪里都合适，大概就是实用的。

比如，大幂幂，就是靠着两件单品，短裙与T恤美了整整一年。

一定会有人和我说扔掉的都是钱啊，不，其实是因为花掉的没价值。相信我。

品牌是其次，品质是王道。价格不重要，价值很重要。

永远不要因为一堆买回来只穿一次的廉价品，而毁掉一个衣柜的价值。你每年扔掉的淘宝品绝对超过你想要的大牌价格。

现在，扔掉无用的东西，和美好在一起。你会神奇地发现，掌控衣柜也没那么难。

你一定拥有很多款APP。
你可能关注上百个公众号。
你的手机里有很多联系人。
你有好几个莫名其妙的群。

然而：

每款APP究竟有哪些实用的功能，你不知道。

公众号推送的信息，你未览即删。

有些联系人，你想不起到底是谁。

群里聊天信息滴滴滴滴，你潜水到底。

人说来往来往，他们来了，你却不往。

直到有一天，你玩游戏，玩着玩着卡掉了大BOSS，才发现，那些无用的软件和信息，占据了你大半的空间，让你无法自由掌控你的手机。

等什么，早该清理了。

但说起来很简单，行动总是有障碍。

会有不舍。曾经我很喜欢保留一些过去的东西。比如聊天记录，比如一张车票，比如我三年都想不起来翻的书籍。我总在想，万一呢，万一哪天我想起这个人，却丢失了他的号码，万一，这款游戏我又想玩了，却忘记了叫什么名字，万一某个公众号突然发了很实用的东西，我却看不到。

然而，你和一个人的联系，若紧密，必和电话号码无关。

背负太多，便无法潇洒前行。我们的能量如此有限，太庞大的生活，我们掌控不了，不如做做减法，留下最重要的，删掉最无用的。

前几天，郑州的PM2.5一路飙升，霾气沉沉，和焦虑的状态一模

一样。

在朋友圈里写了一句话：

“是不是我太作？所以时间总是不够用。游泳没时间，读书没时间，写作没时间。总之就是没时间。”

回帖数量竟然创了纪录。

有同感的：“我也一样，做什么都没时间。”

有文艺的：“时间都去哪儿了？”

有会反省的：“把别人学习的时间用在了睡觉上。”

还有耍流氓的：“做爱做的事情。”

……

最鞭辟入里的，只有一个字：“作”。

确实作。

说好了要读书，拿起来读了两页，看到喜欢的电视剧，心早被别人的悲喜荒凉卷走。最终别人的故事看倦了，自己的时间过去了，又该休息了。

说好了要游泳，跳进泳池游了几个来回，便觉得肚子饿。心想，吃完再游也不迟，然而撮完了饭，却失去了跳进泳池的兴趣了。

说好了写字，没写几句，觉得灵感不好，心想，刷会儿“知乎”吧，一刷刷掉了大把光阴。

挫败感顿时袭来。

时间亦不在掌控之中。

然，情理之中。既繁琐至此，当顾此失彼。

化繁为简，是一切得以明了的契机。

只能学会丢掉。

万般头疼。

然而，只待静下来，便会知道：哪些事情毫无意义，哪些事情非做不可。

享一时之乐，误终日光阴，毫无意义。

耐片时之苦，得长久欢喜，非做不可。

你一早即知，无非是不承认，不面对。

可，成长是从舍弃开始。

丢掉无意义的，和价值在一起，你才能掌控成长的质量。

我认识的人中，过得很好的，往往不是智商高，而是情商高。他们有个共同点，能把乱七八糟的人际关系码得规规整整。

婆婆媳妇小姑岳父岳母老婆老公姑姑阿姨，一个一个都放在各自的位置里。

各司其职。

小周是我很喜欢的一个姑娘。身材窈窕，肤白貌美，经常被壁咚，时而被表白。在这些尴尬的瞬间，她心动有过，无感有过，厌烦有过。不少女孩子在青春期，都喜欢被追捧，被人仰望的感觉总能巧妙地满足某种蠢蠢欲动的虚荣。

然而，你得承认也是疲惫的，对待喜欢的张三要欲语还休，对待无感的李四要若即若离，对待讨厌的王五要趋之若鹜又要小心翼翼。

敷衍和暧昧，摧毁恋爱时光。感情变得身不由己。

唯小周是个例外，她潇洒聪慧，一招搞定男神。

诸多人前来讨教。

她一语道破天机：拒绝和肯定。

对无感的人拒绝，对喜欢的人肯定。除此之外，其他一切皆徒劳。

不要学别人玩暧昧，除了丢掉时间与精力，你什么都得不到。拒绝不喜欢的，和真爱在一起。

不要自私地以怕伤害别人为理由，而做着伤害别人的事情。也许，他早就在等着你的拒绝，而你的敷衍，只不过徒增了无聊的周旋。

人都是一个圆点，找到真爱的那个点，两点之间，直线最短。

友情，亦如是。我们无须识遍天下陌路人，只要三五知己，此生不换，足矣。

掌控人生，从做减法开始，如背包，越轻，越路远。
品味人生，从做加法开始，如酒酿，越久，越沉淀。
看似矛盾，实则泾渭分明。

用知乎刘晓敏的一句话，给人生醍个醐灌个顶：数量做减法，质量做加法，和自己拥有的东西建立联系，从而更好掌控自己的生活，让自己的每一天，都跟一些美好的东西在一起。

最怕你书读得太少，又想得太多

我一直认为读书是一个人成长最快捷、性价比最高的方式。在人情昂贵的当下，读书变成了最“廉价”的事情。读书太少，想得太多，梦想的小船说翻就翻。

近一年，是27年以来人生里，最累的一年。不是心灵的疲惫，而是身体上的倦怠。

然而，大概也是成年以来最欣慰的一年。

自出版第一部作品以来，这些年我几乎一直在写字，与出版社开始了长期的合作。

有一些从前工作时认识的网文写手和我聊天，说对我的好运气表示羡慕。我说，有什么可羡慕的，一本书真赚不了几个钱。她叹了口气，说总比我们这些淹没在网文海洋里，不知何时才能拨开云雾见天日的小写手要强多了吧。

可我一直认为，我只是一个写手，而且很失败的那一类。因为我比上不足，比下有余。既没有一本超级畅销书，也没有一本被骂得找不着北（骂你因为你火啊）。

一如，我的写作生涯。

比起大部分人，我还算运气不错，尚未走出大学校门，便被某个编辑入了手。按照他的定位与规划，一板一眼地写文章。也是从这一天开始起，我的自由写作生涯宣告结束。

我的文字不再天马行空。从前我以文字为剑，仗剑天涯。后来我视文字为粪土，因为很多人说，金钱如粪土。

书卖出去了，我没有感到太多的快乐。那些文章里，有些是关注爆火人物，有些是热评现象，总之基本是从众的，跟风的。甚至连书名也没有被放过。有些我很喜欢，然而大部分我是反对的。

当然更多时候，反对无效。

我只能写写写，用我所有的虔诚和真心，去和编辑和市场死磕到底。编辑拿到稿子的第一句话通常如下：“嗯，写得太棒了。你的笔致很干净。”但接下来一定是一句转折：“你看某某书卖得超级好，

我们能不能把文风也朝那个方向靠一靠，现在的读者都没什么耐心，你的文章适合安安静静地品，谁有那闲心啊？”

于是改改改，改到后来，稿子大家都满意了，我不愿再看第二遍了。我更愿意去看评论，想通过读者的反馈证明究竟孰是孰非。

只可惜，购书网站的评论太千篇一律了，我听不到我渴望的声音。心里有个声音一直告诉我，读者和我，不应该成为甲方乙方，我们是灵魂的共同体，文字是唯一的摆渡人。

我感谢我现在的伯乐，他是我的出版合作人，一个相当 nice 的大哥哥。他对我说好文字永远不愁没人读，你只要认真写，先讲究灵魂，再讲究方式。只要你能坚持，我就始终支持。

那天，我们聊了很久。晚上回家之后，我在朋友圈里写了这么一句话：

“我想用最闪闪发亮的心，写一本自己很喜欢的书，干净的文字，干净的灵魂，和金钱无关，和讨好无关，不知道会不会太奢侈，可我依然如此渴望，如海子一样，以梦为马，春暖花开。”

有人点赞。

也有人这么回复：这个不难，嫁一个对的人万事 OK。

我明白他的意思，在这个现实的江湖，梦想要以金钱为马，才能带你面朝大海。

可我想试一试。

那个晚上，我交了新书的最后一篇稿件，开始专注写一些想写的文字。放弃出版的念头，放弃销量的念头，行文落笔便不再有诸多规矩。

常常是开心了文字里便有放荡不羁之风，难过了文字里便是一江春水。简直是躁动人格分裂症的即视感（没办法双子女文艺起来，就是个万人迷，风骚起来，还是万人迷哈哈）。

2016 年的 1 月中旬，我开通了几个可以用来写字的平台。如微博、知乎、微信公号。我的粉丝数量是 0。一个极其有挫败感，同时蕴含着巨大希望的数字。

我在知乎的第一次答题，获得了几百个赞。那是一个关于孤独的探讨。

我的微信公号粉丝数量，在没有任何宣传的情况下，一个月的时间里从 0 变成了一万。其实不算多，但我很知足，因为只有我知道，这些数字是如何一点一点，艰难累积起来的，它不仅仅只是数字，还是一个月的黑眼圈，一个月的孤独码字，一个姑娘小小的梦想。

有人说，一件事情，当你坚持十年，一定会有成效。事实上，可

能用不了那么长时间。

比如我发表在网络的文字，一开始 360 度纯透明。然而，不到一个月时间之后，我有数篇文章被微信超级大号转载，很快阅读数量过了百万。

我开始收到很多读者的留言。他们喜欢给我讲故事。我很喜欢听。

源于文字，我和其中一些读者成为了聊得来的朋友。比如蝴蝶姑娘。我写了一篇渣男的文字，她给我讲了一个又渣又深情的故事，我陪她熬过了难熬的几十天，那些天，我觉得自己是个树洞，她爬过自己最艰难的时光，埋下了一个秘密在洞口里。后来，她说你能把我的故事，写成文字吗？

我把文章写好了发给她看，但，最终我决定不再发这篇文章，有些秘密如时光，须当深埋树洞里。

还有读者，说在《地铁时报》上看到了我一篇关于如何医治抱怨的文字，给我写了长长的信，感谢那篇文字让她学会了自省，及时从抱怨中抽身，没把自己走到更糟的地步。

每一篇来信，我都认认真真地回复，因为，是他们让我相信，文字尚有力量。

在网络写字以来，我最喜欢看评论。有人说，这是玻璃心。或许有那么一点吧。但我更想通过评论来看一看，文字带给人的是什么？

在我心中，我始终相信好的文字应该是一束微光，照亮曲折幽深的道路，在最迷茫的时候，带你找到出口，跃马扬鞭，给你不惧往事，不究前程的力量。

我做不到，但我想努力。我努力的全部动力，是每一个读者投注过来的目光。

我并非专职作者。和大多数人一样，有着朝九晚五的工作，今年因为大经济形势不太乐观，会格外忙一些。家庭上，为了响应国家把人口搞上去的号召，貌似也格外忙。

今年的写字，也变得格外艰难了。

但我真的比小编拿着鞭子催我的时候还要勤奋，基本已到每天一更的地步。也许会有人说我矫情，但真的，我是因为每一个关注才坚持下来的。

最累的时候，已到深夜，还在写写改改，老公对我说，今天算了吧。可是我看着刚刚增加的关注，还是咬咬牙写了下去，这种感觉，和我在公司讲课的时候很像，哪怕某天只有一个听众，也会真心实意地讲下去。

终归是有人听，有人看的。我不能辜负他们浪费流量，牺牲时间，

花了精力的深情一赞。哪怕隔着千山万水，我亦能感受到文字的温度。

这是所有写作者内心深处的初衷。至少，我是这么认为的。

从一个传统媒体的作者，到一个在网络上写字的小透明。不少人认为这是一种倒退，但我知道这是一种回归。回归到本真的状态。

或许，有点任性吧。但，人性的绽放，也许一生，只此一回。值了。

以下是福利贴，这么多干货，你真的不看了？

Part 1

如果你想写作，先从这一步开始

写作是一个“吐纳”的过程，有“吐”必有“纳”，哪怕是一个天才写作者，在源源不断输出了大量文字之后，亦需要大量养分的供给。

所以，想要写出好东西，先要读些好东西。

因品味的差别，每个人对好书的理解，亦略有偏颇，我只说自己的体会。

21 岁写第一本书的时候，选题是书评类。编辑对我说，不要写郭敬明、安意如之类（毫无贬低之意），要写超经典。

什么是超经典？后来我们达成一致：把所有交给时间，在时间面前，是是非非，都会有个判断。可以这么说，从孔、孟、庄到《史记》，从李白到莫言，检验经典的唯一标准是经得起时间的沉淀。

如果，你想增加自己的文学修养，给人以满腹经纶之感，那么从读经典开始吧。易中天说，“读孔得仁，读孟得义，读老得智，读荀得自强不息。”《红楼梦》中，黛玉教导香菱学作诗，也说王维、杜甫与李白要必读。这些都是经典，故纸深处的文字，能穿越千年时光留下来的，自有它的好处。

我上高中的表妹曾经问我，如何看起来很有气质。

我对她说，去读书吧。至少它能让你显得不那么庸俗。我不希望将来你长大了，一开口只懂娱乐八卦，是是非非。

阅读会让你越来越低，发现自己一无所有。但最终，它会让你越来越高，相信自己应有尽有。

Part 2
关于读什么书：你连爱好都不会，凭什么谈能力

过年回家的时候，上初一的小侄女，说她的假期作业里有四篇书评，但她不知如何下手，想让我给她点想法。

我一听挺乐呵。心想现在的老师可比我们那会儿强多了，总算知

道提升学生的阅读能力和见识了。

但是，当她把那四本书摆到我面前的时候，我有点不知所措。

这四本书分别是：《三国演义》《水浒传》《红楼梦》《平凡的世界》。

我问她，你看了几本？她的回答，是这样的：

“《平凡的世界》我还能读顺溜了，但他们的故事离我有点远。剩下的，基本看不懂。”

真看懂了，她就牛了。

我说，那你就把《平凡的世界》读后感好好写写，剩下三本就实话实写，把你的读书体验写出。然后，读点属于你自己的书吧。知之为知之，不知为不知，没必要糊弄别人和自己。

她老妈说，你给她讲讲，平常读点什么书好？我把我的读书经验回顾了一下，总结成 8 个字：来者不拒，精挑细选。

对，你想的没错，这的确自相矛盾。可，明明又不矛盾。

所谓来者不拒：

我认为，无论武侠、言情、文学、心理；还是中国、世界；喜欢就好。

读书，又不是结婚，没必要一生一代一双人，八股文的时代早过去了。

武侠小说也会让人一身正气，且不乏深刻隽永者。比如金庸的小说，我就爱得不要不要的。简直博大精深得令人发指（此处为褒义）。

有一些老学究对现、当代的书是很反感的。我的一位较年长的同事某次看到我在读三毛，对我耳提面命。他说小姑娘家读这些垃圾干吗，读点国学和历史多好。

我必须我行我素。国学和历史固然好，然而三毛我也爱。高中时代读《红楼梦》，下面压着《金瓶梅》。我妈看了一眼，笑笑就走了。

读书要先成为爱好，然后才能成为能力。你连爱好都不会，凭什么谈能力。

像鲁迅说的那样去读书吧：随便翻翻。总有一句话，一个故事会让你觉得读书是一件极其好玩儿的事情。

所谓精挑细选：

我始终认为，精挑细选要建立在来者不拒的基础之上。山川海岳，若你没有见过，自然不分好歹。

然而如何挑选，这是个问题。

首先，流行的不见得是好的，网络替代不了书籍。

你可以看畅销书，但不要止步于畅销书；你可以看通过网络实现碎片化学习，但不要仅仅如此。

很多书籍，名气很大，质量一般，这个不举例，千人千面（主要怕得罪人哈）。

再者，读读金庸，品品爱玲，看看朝伟，未必是品味，未必不是品味，关键是适合自己。

好书非常多，多如牛毛，多如雪花，多如天上的星星参北斗。想要都读，会贪多嚼不烂。挑那些读之有趣且没有毒气的文字吧。

阅读和阅历一样，没有捷径可走，用一句老话表示一下：业精于勤荒于嬉。

正如曾国藩在家书里写之：“苟能发奋自立，则家塾可读书，即旷野之地，热闹之场，亦可读书，负薪牧豕，皆可读书。苟不能发奋自立，则家塾不宜读书，即清净之乡，神仙之境，皆不能读书。”

所以，别懒了，读书吧。

你读不好书，和 kindle，和微信，和知乎都没关系。

互不打扰，才能职场不翻船

讨好，并不是友情可以长久的关键，很多时候你送礼无数，不如你令人无忧。友谊的小船说翻就翻，还不是你过度打扰，搅乱了朋友的生活。心中零距离，生活有距离，才是最舒适的友情。

部门新来了两个员工，一男一女。在我们老板“看脸”的面试条件下，一路过关斩将，走到最后的，颜值都不差。这样的新人，其实很讨喜，毕竟这是一个看脸的时代。

同年出生，同年毕业，同一星座的 S 女和 H 男，在有了各自的职位归属后，分别展开了不同形式的人际关系大轰炸。要不，怎么说，现在的 90 后厉害呢，初初踏入职场，便深谙职场潜规则——得和前辈搞好关系。

碰巧的是，这两个人刚好都被安排在了我所在的小组。

第一天带领他们熟悉岗位与同事的时候，S 女边自我介绍，边熟络地和每个人聊天。

“哎呀，王姐，你要不说，真看不出来你有 30 岁，皮肤保养得真心好，哪像孩儿妈啊，你出去，别人的小孩都管你叫姐吧？”

“刘哥，下次去玩别找驴友了，找我，我以前可是专业导游，保证让你用最少的钱玩最好的地方。”

瞧瞧，这马屁拍的，关键老王和老刘，还挺受用，一个个乐得脸上皱纹都开了不少。

不光如此，这小姑娘还在第二天，带了一堆小礼品，上至领导，下至打理茶水间的阿姨，不偏不倚，人手一份。

“林姐，这两天多亏你照顾我，这个手链是专门给你买的。以后有不懂的，还是需要你多费心了。”

我连连摆手。“别，别，别，刚才的小礼品我可以收，但是这个，我不能收。”她也不坚持，笑着收回，可是，没过两天，便在我的生日时，转手又送给了我。

看过电视剧《虎妈猫爸》吗？S 女给我的第一印象，像极了那个和赵薇斗智斗勇的职场新人黄俐。那个生日我压根就没打算过，她能知道，说明是用了心，刻意打听的。

我心想，这小姑娘太厉害了。有颜值，懂人心，脾气好，没什么攻击性，很快，S女便在部门里混得如鱼得水了。

H男呢，相对逊色多了，话没那么多，马屁也拍得不响，默默无闻地做着自己的工作，闲余时间，不是在读书，就是在做笔记，很少与人交流，最多也不过就是在部门微信群中闲聊几句，但只要有用得着他帮忙的，他都很热心。

一个月后，部门领导开会，问起两个新人的表现，十个人中有九个人都夸S女，而提起H男，大家都面面相觑，表示毫无印象。

如此看来，这两人中，将来顺风顺水的定是S女无疑。然而，结果出乎意料。三个月后，情形大变，说起S女，连一向很沉默，从不八卦的Miss唐，都忍不住气急败坏。

“唉，原以为是个职场白骨精，谁料到是个千年不遇的奇葩。”

在职场欧巴桑的七嘴八舌下，我听到了另一个版本的S女。

王姐负责教导S女处理部门日常事务，如通知开会，拟发邮件，很简单的事情，通常王姐带新人一遍可以搞定，笨一点的两遍，可是S女学了N遍，依然错误频发，王姐无奈，说实在不行，你就记在本子上，S 女当时乖乖地听话，而后将本子随手一扔。下一次发邮件，你依然能听到她用甜腻的声音，满办公室地边跑边喊：“王姐，你最好了，再教我一次好不好。”时间久了，搞得王姐不胜其烦，一看她要来，立马假模假样打电话。

部门要出新的广告策划案，考虑今年有新人，负责资料管理的 Miss 唐，在群共享里上传了往年资料，通知 S 女和 H 男，及时下载。S 女回复一个“萌萌哒”表情，资料下载后，随便往电脑里一放，看都懒得看一眼。参与策划案的时候，所有数据案例一概不知，对着 Miss 唐狂讨好，求她帮忙把往年的数据填写打印好。

办公室新换电脑，大家各自忙着整理东西，她把所有东西往那一放，再也没动静了。因为完全不知道那些长长短短的线是做什么用的，看到别人麻利地装好电脑，她大眼一翻，无辜地说道：“林姐，你好厉害啊，电脑都会自己装。”

我心里顿时觉得，唉……此处省略一万字。

最后，实在忍受不了她的各种脑残问题，我只能帮她把电脑也安装好。

新人 PPT 汇报时，S 女两手一摊，大脑一片空白。满腹委屈地问我：“林姐，我 PPT 还不怎么会弄，怎么办？”

我告诉她新人报告要求不会很严格，先下载个合适的模板，把内容填充进去，以后多学着点，慢慢就会了。谁知她直接把内容和模板打包发给男友，远程遥控男友帮她完成PPT。

“为什么你不自己做？“

“我男朋友是学电脑操作的，这个做得非常好，他一会儿就能搞定。”

“那你也不能一直麻烦他，工作上的事情，你自己还是要会的。”

“这怎么能说是麻烦呢，他是我男朋友，帮我忙理所应当啊。”

好吧，我闭嘴，此处依然省略一万字。

慢慢地，我发现，但凡遇到问题，S女从不主动思考，总是第一时间，先讨好别人，然后拜托人家帮忙。“王姐，你帮帮我嘛。”“刘哥，你帮我发个邮件呗。”更奇葩的是，本来非常简单的事情，一经她手，都变得极其复杂。以至于后来，但凡她工作，听不到她喊别人的名字，我们都觉得见鬼了。

再后来，和她越来越熟，聊得越来越多。我得承认我一开始就看错了人，S女完全不是黄俐那种心机深沉，衡量利弊的职场蛇蝎女。她的确会讨好别人，但那讨好段位极低。她已经形成一种意识，当她放下身段讨好别人，自然就会收获好人缘。她更习惯了依赖，总以为遇见问题讨好一下别人，就能顺势解决，却不知道那些看似无关紧要的依赖，已然打扰到了别人，磨光了费尽心思讨来的好感。

友谊的小船说翻就翻，也就罢了。

这个要命的习惯还被她带到了爱情中。

她和男友吵架，哭着问她男友大学时的舍友们，该怎么办。没人搭理她，她便驱车前往男友的家里，找人父母帮忙。可怜什么都不知道的老两口，被她弄得莫名其妙，以为自己儿子犯了多大的错。当然，这样的事情，不止一次，以至于后来只要她和男友一吵架，双方父母必然都被牵涉进来，闹得惊天动地。

没过多久，部门里有些同事已经开始躲着她，不躲着的，对她也没什么好脸色。她自己也察觉出来，在朋友圈里发表心情说是很难过，但熬过去，一定会好的。我特别想回复，如果意识不到自己的这点毛病，熬过去，也好不了。然而想想，又忍住了。

严格意义上来说，S 女，人不错。心眼好，人是真的单纯，不是装的，脾气也温和，加班熬夜帮忙处理一些杂事的时候，始终笑呵呵的，没有一点怨言。如果没有工作上的过多接触，你会觉得她是个萌妹子。

然而，有些人是“照顾”体质，而有些人，天生是“打扰”体质。很不幸，S 女属于后者。

前几天，S 女失恋了。跑来找我：“林姐，你说，我该怎么办？”

“为什么分手？”

“我男朋友说，和我在一起太累了。我觉得他骗我，肯定是他爸妈不同意，他爸妈一直不喜欢我。”

我说，他没骗你。和你在一起，是会蛮累。你不觉得你很容易将生活搅得乱七八糟吗？

“可是，我对他很好啊！”

“可是，你也总给他添麻烦啊。讨好一个人很重要，然而，和麻烦比起来，他宁可不要那可有可无的讨好。”

姑娘，你要学着不过度打扰别人的人生。久病床前，尚无孝子，何况男女之间，同事之间？那些拥有好人缘，好生活，好工作的，哪一个不是独立能力超强？

年终照例有优秀新人评选，几大部门联合投票，十几个新人齐刷刷站成一排，分别展示自己实习期的工作成果。一向不显山露水的H男，大获全胜，斩获最佳新员工。对于他，大家依然谈不上多了解，他获选的理由是，低调勤恳，能独立处理好自己的事情，必要之时予人帮助。比如，他 PPT 能力超强，完美地完成了 Miss 唐交给他的报告，并因此让Miss唐赢得老板的赞赏，比如，他英语进步极快，王姐被客户一封英文邮件折磨得半死，H男恰好从旁边路过，王姐不过随口一问，他却认真地翻译出了邮件所有内容，让王姐甚为感激。

当然，他依然不善于讨好，既不刻意称赞，也不曲意逢迎。

另一部门的90后姑娘小赵非常倾慕H男，好吃的，好喝的，好玩的，一堆一堆往他这里送。我和她开玩笑，你看上他哪儿了。她狡黠地一笑："他从不给别人添麻烦，这点挺好。一个男人能不给他的女人添麻烦，这是多强悍的责任心。"

貌似，还真是这么回事，在如今这个人人为己的社会里，不给人添麻烦，便是对人负责任。

也许是失恋的打击，或者是工作的失意，现在的S女，慢慢开始有了改变。希望有一天，她能明白：最有价值的讨好，是不打扰。别让你的打扰，弄翻自己和别人的小船。

接纳翻船，去爱这个现实的世界

“朋友”是现实的，当你傻X的时候，你发现友谊的小船说翻就翻；当你牛X的时候，友谊的小船一夜间忽如春雨来。我接受并喜欢这种现实，因为它逼迫我一直向前走，让我必须牛起来。

最近一次在发小圈里聊天，一个嫁给外地富商的姑娘说：“话说我们好多年没见了，要不今年开个同学会？”

我的表哥兼小学同学发了个“大哭”的表情，不无伤感地说道：“还是算了吧，你们都是有钱人，同学会这种东西，简直是世界上最恶心的设定。”

看来被伤过。可是没被同学会伤过的只怕也不多。

大概两年前吧。高中的班委也曾组织过一次相当有规模的同学会。

那天碰巧我有特别重要的事情，所以没去成。心里不是不遗憾的，毕竟很多好友天南地北，能见到的机会也不多。

晚上十点钟，同在一个城市工作的高中同学莎莎，给我来了一通电话。

“央央，还好你没来，简直是自取其辱啊。”

一星期前，她还抱着极大的期待，说是要和“那些年回不去时光里”的老同学叙叙旧。那时候，电影《致我们终将逝去的青春》刚上映没多久，看完电影的她在QQ里，对着我怅惘又甜蜜地缅怀了自己的高中时代后，义无反顾地奔赴那个她向往的盛筵。

“那是青春的盛筵啊，永不散场。央央，你不去，真是太可惜了。”

莎莎是我土掉渣的高中时代里，最洋气漂亮的女孩。那时候，身为班花的她，身后一群追求者，前呼后拥，光芒四射。

而今，当美貌已婚的她，穿着曳地长裙，站在人群之中，他们只是礼貌地和她碰碰杯。转身去与另一姑娘谈笑风生。

当年最受欢迎的公主莎莎，被几年的光阴照一照，褪色如发黄的纸。而当年相貌平平，无人问津的丑小鸭阿颖，摇身一变，成了觥筹交错里的大明星。

因为年仅25岁的阿颖，已经成了市教育局里的骨干，她未来的公公，更是在教育局里身居高位。不光一些准爸爸准妈妈，甚至班里最有钱的富二代都围着她转，直截了当地表示，将来孩子上学，请她帮忙走动走动关系。那熟稔的黏糊劲儿，好像很久以前，他们已经是熟得不得了的朋友。

而，莎莎呢。不过是一家小公司的普通职员。所以，友情的小船说翻就翻。

莎莎很悲怆地说："这个世界，真是赤裸裸的现实啊。从前这帮人，求着给我送礼物，现在巴不得从来没认识过我。"

当然，这个世界从来就很现实。谁能否定呢？

五年前吧。我还在读大学，除了日常的学习之外，我常常写点文章投给杂志社。很多时候，会被拒绝。班里不少同学嘲笑我，一个学日语的，去混文学圈，真是不自量力。

后来，毕业之前，我在网上发表的一篇文章，被很多人转载。北京的一家出版社看到这篇文章，通过微博联系到了我。他们的一个主编觉得我文笔不错，想让我写本书。

由是，我出版了自己的第一本著作。接着，是第二本。很快，这件事在学校里传开了。曾经非常不喜欢我的一位老师，对外宣称

我是她的得力学生，貌似，她忘了，不久之前，她还在班里痛批我不务正业。

我的身边突然多了很多“好同学”，认识的，不认识的。那个当时笑我不自量力的人，转眼之间，又对我说：“早看出你是潜力股了。”真的，那一刻，我觉得他们简直是用灵魂在演戏。

后来我毕业，成为省报的记者，身边始终人群熙攘。约我喝咖啡的，请我吃饭的，络绎不绝。

直到一年前，我所在的省报，宣布停止发行我所负责的某本刊物。因为不想再调换部门，我选择从省报离职。同年，我的出版工作进行得也不怎么顺畅。

那些曾经说要和我“常联络”的小伙伴，纷纷下线了。

是啊，谁会在乎一个失业者的失意呢？友谊的小船说翻就翻。

你看，社会就是这么残酷。世界就是这么现实。

于是，很多人开始抱怨，这太不公平。

可是，真的，不公平吗？

我想说，其实我很喜欢这个现实的世界。

因为它没有让我用童话麻醉自己，裹足不前。而是用近乎残忍的现实，激励我，再接再厉。**道理很简单，你不想被遗弃，就只能很牛 X。**

杨幂说，她红了之后，身边莫名其妙多了很多好朋友。

赵丽颖说，她入行初期，喝瓶水，都能被人黑。《花千骨》之后，她已经成为国民“老公”，“后宫”遍天下。

而那个被人叫嚣着滚出娱乐圈的袁姗姗，一再努力之后，被人奉为女神。

所以，这个世界，看起来很现实，其实却很简单。

电视剧，凭质量和收视率说话。比如《琅琊榜》。

电影，凭票房和奖项说话。比如《我的少女时代》。

而人呢，凭价值说话。

我老公很喜欢和我谈论价值。有一次，两个人开玩笑，他取笑我事业很失败。我反驳他，至少我出版过作品，而你没有，这点我就比你强。他笑了笑说，可是你所谓的出书，并没有给你创造什么价值。

他停顿了一下说：好吧，就算你是个作家。可是作为作家，你非常不成功，你的书既没有创造销售奇迹，你的人也没有像韩寒那样出名。

我反问他：难道，衡量一个人，非要看他的价值吗？

他将我一军：那你告诉我，对于并不熟悉的人，你用什么去衡量他？

一时之间，我无言以对。

很久之后，他告诉我：你要知道，**价值的背后，承认的是一个人的努力。努力，难道不是一个人的人品？**

我想起我的一个富二代好朋友。不，准确地说，他现在已经是富一代了。他的父亲经营多家连锁超市，家境相当富足。可是大学毕业后的他，一边在外企上班，一边利用业余时间在网上开发游戏软件。坐公车在写代码，等朋友在写代码，别人看电视，他还在写代码。晚上十二点之前睡觉，那几乎太奢侈。很多人说，拼爹就够了，干吗和自己较劲儿。然而他却始终坚持，现在，靠着这些软件，他已经年入百万，而我的版权收入远逊于他。

这就是努力和不努力的差距。

现实吗？可是，又怪得了谁？

没有人逼着你去偷懒，去享受。同样没人逼着别人对你爱搭不理。有时候你自己才是翻船的始作俑者。

当别人对你毫不在乎。不过是因为你不够强大，认识到这一点，你就应该好好去努力。而当别人终于注意到你，那便是你的努力有了收获。你看，多公平。

所以，我喜欢这个现实的世界。它就像一场游戏，规则说得明明白白，愿赌就要服输。它能让你放下所有杂念，放手一搏，没时间没心情去抱怨。

这样难道不是很好吗？

现实是什么？不过是个连锁效应罢了，努力的结果是价值，价值的结果是信任，信任的结果是机会。

雪中送炭，要有炭可送。锦上添花，要有锦可添。

按自己的意愿过一生

妈妈说，你要留在我们身边，你留了，梦想的小船说翻就翻；老板说，年轻人啊，要学会妥协，你听命了，梦想的小船说翻就翻。其实，你没有必要活给任何人看，你要按自己的意愿过一生。

1. 我以为的仪式感

以前，写了一篇关于情人节的文章，大致意思是：情人节已经利益化了，总喊买买买真心没意思。有读者在后台给我留言：姑娘，那是一种仪式感，你难道没有仪式感的吗？

有种一击而中的落寞感。我真活得那么糙吗？

我回复他：关于这个问题，我回头写篇仪式感好好和你聊聊。于是，有了下面这篇文章。

那天之后我迟迟未动笔，我一直在想，仪式感究竟是个什么东西？在这个问题没弄明白之前，我不愿意不负责任地堆砌出一篇文章。没意思。

从小我妈就教我，做任何事情，你必须用心。对，没错，就是用心。

用心地去感知这个世界，就是仪式感。

我用心地写这一篇文章，你用心看我的文字，都是一种仪式感。

而至于，文字隔开的另一端，我是嗑着瓜子坐着小板凳在码字，还是喝着咖啡，在明亮的书房里来书写，身为读者的你，也许不那么介意，你介意的是我的诚心。

同样，文字的那一边，你是在高级写字楼读我的文字，还是坐在马桶上一边深呼吸一边读我的文字，我也不关心。我关心的是这些文字走到你的心里去了吗？

世间万物，因为用心而庄重。当然，你也可以理解为有仪式感。至于用心的方式，用心的状态，也即仪式感的表象，不过是锦上添花。

我们在情人节开心或落寞，满足或孤独。无非都是因为一个“心”字。

人是最敏感的动物。心在不在，谁都比谁清楚，谁都比谁会装糊涂。

留不住心，就用物质来代偿吧。

如果，平常日子里你已然甜甜蜜蜜，得偿所愿，你绝不会过分苛求一份情人节的礼物。很多人不爽的原因无非是平常就没有仪式感，该补偿的时候又没有个说法，连做做样子都懒得做。于是，小船说翻就翻。

2. 我们为什么需要仪式感

我的外婆是一个相当有仪式感的人。当然，从前没这个词的时候，我外公偶尔会用“瞎折腾”来形容她。

她真正的生日我已经记不清楚了，只知道大概在农历的二月份。不是我不孝顺，而是从我记事起，她就将自己的生日改成了正月十五。

我外婆有 5 个儿女，外孙加孙子孙女共计 11 人。儿女成家立业后，失去了很多团聚机会，加上我们小一辈，外地求学诸如此类。在一个平凡无奇的日子里，要聚齐所有人，绝非易事。有人谋生，有人谋爱，有人谋学。为了给大家都省去麻烦，她把自己的生日定在了正月十五，元宵节嘛，大家刚好都在家，就借着她的生日热闹一天。

我是极其喜欢她的生日的。长大后，参加过很多生日宴，大部分人都只是为了应个景。觥筹交错，推杯换盏，于宾朋散尽后，怅然若失。

唯有她，燎烈的，真诚的，不厌其烦地把这一天当作最隆重的一天来过。

二姨给她添新衣。

三姨给她买蛋糕。

我妈，她的大女儿，总在这一天，绞尽脑汁想着送她点什么。

厨艺之高堪比大厨的两个舅舅负责置办宴会所需诸多饭菜。

几个女婿和儿媳也不会闲着，全都在忙前忙后。

所有宾客全是家人。

一群小孩子围在她身边转。踢毽子，丢沙包，捉迷藏（当然这是小时候的事情）。她总是坐在太阳下，眼睛眯成一条缝，听到谁说需要什么，便立马起身，大喊“来了，来了。”笑容几乎未从她的脸上散去。于是大家也开心。

她的生日是实打实过了一天，从早八点到晚八点，比上班还准时，吃了中饭吃晚饭。

饭菜总是丰盛的。炸过的黄金芝麻球满盘流金，一支支竹签肉挤挤挨挨，填满了海一样蓝的盘子，堆成了小小金字塔的红烧茄子，番茄潋滟，青椒碧绿。生氽丸子颗颗银白，呼呼地冒着热气，一把香菜撒下去，清亮亮的，丸子慢慢地沉在汤底，像在星辉斑斓里放歌，像往青草更青处慢溯。鱼是永恒不变的主菜，有时清蒸，葱姜蒜切好了细细涂抹，出锅时，趁着热气，再撒上薄薄一层，香气立马就溢了出来；有时糖醋，炸的外焦里嫩的，汤汁鲜美甘甜，肉质紧实滑弹……

菜先行，汤后随。通常情况下，菜上齐了，便由最大的姐姐，领头唱《生日歌》，全家老老少少几十号人都会拍手跟着唱，中文一遍，英文一遍，这个习惯，在我的记忆里，保持了 27 年。然后，你们一定会以为接下来是切蛋糕，吹蜡烛，许愿。然而没有。这个在其他生日场合看起来最有仪式感的举动，外婆轻巧地避了过去。我们的蛋糕都是在下午玩饿的时候，才切开来吃的。

很多年以后，也有人开始为我过生日，当蛋糕捧出来，他们闹着让我吹蜡烛许愿的时候，我想起外婆的蛋糕。我在想，为什么她不许愿，后来我明白了，重要的根本不是那虚幻的愿望，而是，你爱的，爱你的恰好在身边。

外婆的生日，从今年起又改了，改到了大年初六，因为，11 个孙子辈的人也已长大，我们生活在不同的城市，正月十五的时候已经各奔东西。

外婆实现了真正的四世同堂，现在的她，有 1 个重孙，4 个重外孙。她的生日宴，从一桌变成了三桌。她已经 70 多岁，不能再听到别人一声喊，便灵活地起身。但她的眼睛依然常常眯成一条缝，阳光还像好多年前一样，静静铺满她的额头，她脸上的笑意和褶子悄悄重叠。

我和她开玩笑说，“姥姥，你的生日再改，就要改到大年初二了哦。”她很认真地想了一会儿，说也行。我说，你这生日过得估计真正的生日都忘了吧。

她说，哪天生日有那么重要吗？

有吗？从前我认为有，现在我认为没有。

我见过她哭，有两次。一次是60岁生日那年，我们唱起生日歌的时候。一次是最近，她抱着只有三个月大的小外孙，看到大家举杯干杯。当然，她是偷偷地，当然，我也不会告诉她，我曾经看到什么。

我们家有两样非常珍贵的东西。一个是在她生日时请的摄影师拍的全家写真。

另一个，是她用了一年的时间，收集了5个小家庭的珍贵老照片，花钱剪辑成的大家庭影片。我在那个将近1小时的影片中，清晰地看到每一个家庭的成长，看到我的锦绣年华，看到她的繁华渐落。

我和她谈起“仪式感”这个词。她问我什么是“仪式感”？我想了好久，还是找不到合适的词来代替。我说，你可以理解为浪漫吧。比如你过生日，就有一种行云流水的浪漫。

她笑了。说，浪漫的不是生日本身，而是你们啊。我每年郑重其事地过个生日，不过就是喜欢你们在身边而已。平常呀，太孤单了。

我想起了某个情人节。其实一直以来也没刻意去过这个节日。然而那一年，我对出差在外的他说，你今年给我买个情人节礼物吧，就在那一天买，不要提前。

为什么？

因为，一直以来他都在身边，我知道彼此都在那里。当我们远隔千里，我需要一份礼物提醒我，我依然存在。

人生来即存在。每个人都追寻着存在感。我们为什么需要仪式感，因为我们渴望被证明自己是存在的，我们需要和身外的世界建立一个美好的联系。

我们生于世界需要生辰礼，当我们告别世界的时候，又需要一个葬礼。

也有例外的。他们往往内心强大，于是能和自己孤独相处，亦能随心所欲，不凭借仪式感去证明什么。

3. 你不必描摹谁的仪式感，你要以自己的方式过一生

我的朋友圈中，女性朋友相当两级化。一类活得精致文艺，一类糙得像个汉子。

悠悠属于前者。自小养尊处优，父母给她的教育，让她形成一种观念，女孩子一定要优雅。

她说话声音极轻，二人交谈，第三人是听不到声音的。她接打电话，像经过专业训练的客服人员。朋友聚会，她也喝酒，但浅尝辄止，在脸飞红晕之前，优雅拒绝。周末娱乐，她一般是画画和瑜伽，都是安安静静的活动。

在很多人眼里，她是一个极具仪式感的姑娘。出门换衣化妆至少一个小时，特定场合会有特定的衣服，除了运动，其他时候都是高跟鞋。读书，要有轻音乐相伴，和男友相处，像浪漫的言情剧，早安kiss晚安吻。过生日，她会庄重地送你包装精致的礼物，她的人生，像江南女子手中的锦绣，丝丝缕缕，都是千挑万选，用十足的心意，虔诚的眼神。

同为好朋友的萌萌曾经对悠悠的生活羡慕得不得了。当然萌萌属于后者，是一个大口喝酒，大口吃肉，大声说话，给我们大讲桃色段子的糙女汉子。

仪式感这词儿刚兴起的时候。她和我们说："完了，我就是那种毫无仪式感的女人。"

受朋友圈各种"仪式感"文章的刺激，她发誓要像悠悠同志学习，做一个合格的女人。然而，不过一个月的时间，我们都被折磨得受不了，集体下跪求她赶紧撕下现在的"画皮"。

她沮丧地说，看来自己真的只能做个“仪式感绝缘体”了。

前几天，和她又聊起这个话题。我说，你现在的样子就挺好的，充满了仪式感。

她火急火燎地问：“哪里有仪式感了？”

“你用心生活的样子就是仪式感啊。”

“你只是性格大大咧咧。可是你工作积极认真，我们同年毕业的同学里，就数你能力强，升职升得快。”

“你对待朋友真心实意，在我们需要帮忙的时候，不遗余力，这些不都是仪式感吗？每个人的仪式感是不一样的，只要你让别人感受到了你的真心，你就已经表现了你的仪式感。我们郑重其事，我们刻意端起一个仪式范儿，不都是为了用心让生活更美好吗？你已经做到了啊。只是，每个人的方式不一样罢了。”

无须描摹别人的仪式感。用心工作，用心待人，用心维系感情、家庭，用心和这个世界相处，你就已经拥有了仪式感。

我们只需要以自己喜欢的方式过一生，未曾愧对别人，亦未辜负自己。

王凯 / 走千滩过万险，你要感谢你自己

人生如逆水行舟，一不小心，小船说翻就翻。磨难、伤害都是行船的阻碍，你最终闯过漫天风雨，是因为你足够坚强。有一天，当你实现梦想，你最应该感谢的是你自己。

1. 你要感谢机遇，更要感谢坚持的自己

2015 年，因为几部电视剧的热播，王凯迅速火爆荧屏，成为 2015 年娱乐圈的现象级男神，完成了他成为知名演员的梦想。当他站在领奖台上，微笑着致谢所有人之后，他说了一句话。他说：最后，我要感谢我自己。

感谢那个不放弃的自己。

台下，嘉宾和观众都笑了。

我心里当时想，真是一个耿直的boy呢。人家都是感谢A、B、C、D，巧妙地掠过自己。唯独他，轻巧地说那么一句真心话。

然，唯此一句话。不费吹灰之力，戳中了内心深处的防备。

为什么不呢？自己才是那个软肋，又是那个盔甲啊。

很多人把王凯定义为一夜走红。其实，哪有什么真正的一夜走红呢？早在很多年前，我已经看过他出演的电视剧，他像小透明一样，横跨了我的少女时代。

王凯说，他从来不认为自己是一夜成名。

在那一夜之前，多少个黎明与黑暗交替而过。衣锦夜行的孤独坚持，更多时候，落入芸芸众生眼中，并非感动，而是好笑。

很多年来，他内心只听得到一种声音：会越来越好的。这个，恐怕是所有在疲惫世界中坚持英雄梦想的人之间，共同的心声。

我常对自己说：怕什么呢，最坏不过是大器晚成。

前几天，和几个出版圈以及微信大号牛人聊天。说起一些在网络上爆红的作者。我感慨：真是厉害啊，只用短短的几个月就火了起来。

他们纷纷对我摇头：不不不。

“姑娘，有些事情，你要看明白，他们可不是一蹴而就。在没火之前，他们耗费了多少精力在读书与写作上，你是不可能知道的。就拿某某来说吧，我认识她已经很多年，她的阅读量和创作量都多得惊人。熬了这么些年，才开始慢慢出头。你要是有她的坚持和阅历，终有一日，必有斩获。”

不得不承认，我又一次狭隘了。习惯性地看到别人的闪闪发光，自觉地忽略他的汗水磅礴。从前我一直认为，人的运气有好坏之别。为着逃避，把失败归咎于时运不济。

直到后来，我开始渐渐相信，那些能一路越走越好的，绝非运气主宰，而是实力所趋。

运气，最多让人昙花一现。若你足够好，你终将能遇到你所渴望的。

正如王凯所说，他感谢机遇，但他更感谢红尘跋涉中苦苦坚持的自己。

2. 你真的不用感谢苦难，你要感谢苦难中挣扎的自己

我有一个小叔，比我大六七岁，未满 30 岁已经是四川一家科技控股公司的总经理，前两年娶了一个比我还年轻好几岁的姑娘，日子过得羡煞众人。

我读高一那一年，他在国内最知名的理工学校上大学，成绩优异，尚未毕业已经有好几个企业想与他签约，其中一家公司给出了大学学费全免，赠送一套房产的优渥条件，希望能够签他五年。

所有的亲戚都眼红，感叹他有出息，运气好。

除了感叹的，更绝者身体力行，比如我老妈。

她坚持认为，是困境，成就了小叔的飞黄腾达，并秉承这种理念，无比强硬地为我安排一条浴火之路，认为只要烧不死我，就算被熏得面目全非，也照样能成为一只黑乎乎的凤凰。

我横冲直撞的少女时代到此结束，此后我几乎天天在和别人比惨。听说隔壁王小二天天读书至凌晨，打个盹，他妈就就抽他一鞭子，抽怕了，成绩一飞冲天。我妈也效仿，抽我，她下不去手，于是改成不给零花钱，不让看电视，不让出去玩。现在想想，觉得真是尴尬。然而当时，我也深信不疑，唯有苦难才是成功最有效的助推器。

因为小叔的确从漫天苦难中路过。

小时候，读书里的故事，看别人描写贫穷，贫到卖儿卖女，穷到饿死街头，心里会想，真的有那么穷吗？我的家乡虽不富裕，但大部分人衣食无忧。

然而，只要每次过年去到小叔家中，我便会对“贫穷是会死人的”

这件事情有新的认识。是真的穷，家里三个孩子，永远没有新衣服穿。对小叔最深的印象是，他积年累月穿着打满了补丁的棉袄，鞋子灰扑扑的，辨不出原先的颜色，鞋帮和鞋底裂开了长长的口子，用麻线潦草地缝着。

小叔有个姐姐，一头长发像瀑布一样非常美丽。然而，第二年我再去，长发没了，变成了不规整的齐耳短发。头发卖了，她说，能卖50块钱呢，真值，够家里一个月的生活费了。

最难的那一年，三个孩子，小叔和姐姐读高中，哥哥念大学。实在供不起，姐姐自动放弃了学业，早早地到大城市打工，吃糠咽菜，一分钱掰成两半花，饶是如此，家里还是穷。

穷也罢了。可怕的是贫穷带来的自卑感如影随形。小叔成绩佼佼，但只要一走进考场，便有无所适从的不安。

所以，高考，他考砸了。不甘心，复读一年，仍然考砸。所有人都劝他差不多得了，以他的分数，上个本科还是轻轻松松的。

他放弃的理由有千万条：家里穷，再读下去就是在抽父母的筋，剥父母的皮；上了大学也未必就有出息；已经两年了，谁知道第三年会不会更惨？

他不放弃的理由只有一条：人生的小船不能就这么说翻就翻。

于是，他说服父母，屏蔽周遭的目光，第三次参加高考。

其后四年，他在梦寐以求的清华大学攻读建筑系。再后来，他便有了而今的成绩。

前几天，和他聊天。

我说："你知道吗？你考上大学的那几年，我过得那个'惨绝人寰'啊，我妈说，吃得苦中苦，方为人上人。想尽办法逼我吃苦。认为我只有经历了和你一样的痛苦，才能有和你一样的成就。"

他也笑。"你知道吗？这是第N个人告诉我同样的话了。我还是最近才知道，吃苦在别人眼中也是件好事。"

我吃惊于他语气中淡淡的无奈与不屑。但转瞬又恍然大悟，但凡曾被苦难深深折磨的，恐怕都不认为那是一件幸事。

小叔说："我从不感谢苦难，真的。最煎熬的时光里，别人质疑的眼光，一贫如洗的家境，从来没有让我更强大，只是让我更畏首畏尾。每一次从泥潭里挣扎出来，靠的不过是那点坚持。现如今，再看过去，说感谢倒不如说庆幸，还好那时候，自己没放弃。"

如果放弃了，所有的苦难都不值得一提，人们只会为你叹一句"命运多舛"。但因为没放弃，而今这些苦难成了皇冠上的宝石，人们会说这是上帝的馈赠。

很多时候，人是双标。

真正从苦难里摸爬滚打出来了，才能知道，重要的不是你承受了什么样的痛苦，重要的是穿过这些重重行行的苦难，你是个什么样的人。

有人说，你要配得上你受的苦难。

不不不。

你唯有打败苦难，让它配得上你。

3. 你不用感谢伤害，谢谢自己就够了

身边有个很要好的朋友，从小到大，什么都很顺。唯独感情，走一步错一步，像是得罪了月老，所以他老人家一激动，就千挑万选一堆烂男人送到她身边。

每次恋爱都以皆大欢喜开场，最后以覆水难收结束。明明只是贪一点真心，结果月老抽完她左脸，再打她右脸，用最冰冷的现实告诉她：她想多了。

初恋，在大学时期。男生疯狂地追求她，送花送礼物，送到整个

寝室楼呼喊声此起彼伏，为了不让更多人知道她的名字、年龄、星座、血型……她最终答应与他交往一段时间。

刚开始约会的时候，无限甜蜜，一度被奉为校园“金童玉女”。她逐渐进入状态，有点飘飘然，被宠溺的感觉毕竟很爽啊。

没爽多久，像百米冲刺一样，她刚做好准备，对手已经到终点了。跑到终点的他，带着嘲笑的眼神看向她：“我们分手吧，我从来没有真的爱过你。”

她既惊愕，又愤怒。

对方轻佻地撂下一句话：“你只是长得有点像我的前女友。分手后，觉得寂寞，想着玩玩，所以追的你，现在她回来了……你懂的。”

真特么操蛋啊。原来她只是淘宝买家秀。哎，爱情的小船说翻就翻啊。

其后，她遇到了各种各样不靠谱的男人。某一个，相亲中，花式72样炫耀自己如何多金，埋单时，花式72样装傻X，她实在忍不下去，自己结了账。

还有一次，某任男友以家人生病急需用钱，借走了她手里的钱。后来，她以出国旅游需要用钱的借口，试探了一下，果然，那个男人当即表示要把钱还给她，却在第二天，消失得无影无踪。

还好，这些感情都是蜻蜓点水，并未伤得太深。不过，总归有点唏嘘。她在某个夜晚在朋友圈里发了一条状态：踩着伤害成长起来。

某个前任，恬不知耻地回复：

“所以你应该感谢我们曾经并不故意的伤害。”

“对啊，谢你当年不娶之恩，现在我才没有过得那么惨。”

然后，那个男人把她拉黑了。亏她以前还想着爱情不在，做个朋友也行，谁知友谊的小船，说翻就翻。

其实，伤害了就是伤害了，如果不能大方承认，真诚道歉，至少也别再找借口站在道德的制高点，反过来寻求他人的感谢。**那些后来变得很厉害的人，不是因为伤害磨炼了心志，而是因为心坚志定，所以承受得住伤害。**

但那些砥砺岁月里，因为伤害，而带来的失落、绝望，曾真真切切存在过。它差点杀死一个少女对爱与世界的信任，如果不是后来那些美好的人与事，她早就死在这些伤害里。

所以，那些伤害我们的人，我们应该感谢你什么？

感谢你当年手下留情，没把我们逼到无路可退？

小叔说：如果人有顺境可走，谁愿意逆水行舟？

惊涛骇浪、暗礁流石，闯过去了固然好，也因为闯过去了，所以那海阔天空才显得格外珍重。但如果闯不过去，翻掉的小船永远沉没海底。

磨难、伤害就好像行进中的暗礁，它不会助力你的抵达，只会牵绊你的脚步。

人会死于安逸，但更多时候，死于无休止的伤害。

如果说困境有什么值得感谢的，大概就是衬托吧。衬托了自己的坚持，也让人懂得珍惜。

所以，不如谢谢你自己。谢谢那个坚持的自己，拼命的自己，在伤害里不放弃的自己。如果没有当年的你，就没有现在的你。而伤害，不如一笑而过，不如从未遇见。

我希望每个人，都可以不从漫天的伤害里走过，通往美好的道路上，少一些披荆斩棘，多一些纯真善意，便少一次翻船的厄运。

你总是那么自卑，小船说翻就翻

梦想的小船说翻就翻，很多时候是因为你不够自信。亦舒说过，真正有气质的淑女，从不炫耀她拥有的一切……因为她并没有自卑感。自卑是种很可怕的心理，像泥流暗礁，让你的人生失去底气。

我发誓，在 18 岁以前，自卑这种体验，我是看着别人被虐，自己幸灾乐祸。

姐姐在她初中一年级的作文《我的妹妹》里写道：“我有过最羡慕的人，那应当是我的妹妹。她像上帝的宠儿，唱歌比我强，跳舞也好看，一手毛笔字写得爷爷都称赞，长得又那么甜美。”

没错，我就是那个人见人爱，花见花开的小可爱。

妈妈在街坊邻里间花式 72 变夸赞我：漂亮，聪明，机灵，嘴甜，等等等等。

然而极少在当面夸我。有一次，我晚上听到她和爸爸的悄悄话：不能当面夸老二，太骄傲了。

所以，你看，自卑是个毛，关我何事。

当然，你知道，文字码到这里，通常会以一句“但是”转折。就像坐过山车，飞到了最巅峰，总会有180度转弯，这样才够战栗，才有观众。

人生仿佛也如此。

我的骄傲岁月，随着高考的一败涂地，崩塌如粉尘，带着浓烈的PM2.5爆表值气息，入肺即伤残。

说人话，就是，我被失败虐得死去活来。

有多失败呢？

我的班主任老师兼闺密的老爸信誓旦旦对我老妈说，考上重点大学绝对没问题。

然后我以551分收场，只考上了一个极其一般的学校。（某省人，这个分数恰好是我们的二本线）。

那个羞耻感啊。那颗碎掉的玻璃心啊。那个没脸见人呐。而我那毫无眼力见儿的老妈，还伤口上撒盐地来了那么一句：心比天高，福比纸薄。

妈，你老实说，我是不是你和老爸买自行车送的？于是，我整个暑假，都在暗无天日的自卑中度过。我深知，这种自卑与别人的评价无关。小时候，看不惯我的，人山人海，我还不是以眼还眼地瞪回去。

可是，现在，如果有个人站在我面前，指着我的鼻子骂一句：傻 X。

我什么都不会做，我只会赞同地点个头，默默给他点个赞：你说的真好，我就是个傻 X。

这才是最刻骨的自卑：不是别人说你不行，所以你觉得自己不行。而是，你自己已经先入为主地把你否定了。

甚至，它是一种深度催眠。高考造成的自卑后遗症，几乎影响了我迄今为止的 10 年人生（没错，我就是 28 一枝花）。

在那以后，我做什么都很努力，但是一旦到了要一个结果的时候，我就很犹疑，很惶恐。我会不由自主地给自己暗示：努力有什么用，你就是个 loser。

这种情形在各种考试面前显现地尤为突出。比如考大学英语四、六级，平常我成绩很不错，但是第一次考试的时候，我的成绩只有424分，你看，一分之差。

这种打击是极其沉重的。

说到底，自卑是一种变态的心理。它是存在于暗黑中的敌人，不动声色地搬弄是非，不用千军万马，就能击垮你的人生。与自己相比，没有什么更强的敌人了。

但是，打败它，也很简单。自卑如影随行，站在黑暗里，你永远找不到它。但如果你走到阳光下，就能精准地看见它。当你奋起反击，它便烟消云散，不战自败。

对于每一个自卑者来说，重要的是如何走到阳光下。

我的方法是：付出比别人更为艰辛的努力。不留侥幸心理，哪怕是在最差状态下应对一项任务，都能达到及格线。先不要求最好，自卑的袭来是一瞬间的，送它走却是抽丝剥茧的过程。但是，记住，这种努力，不能只是做做样子给别人看，那叫糊弄，真心没意思。

举两个例子。

我大学的学科是日语。学校要求是大二考二级证书，大三考一级证书。我是在大一下学年考的。对于一个毫无日语基础的人来说，半年考二级（大概相当于英语六级吧），有点痴人说梦。

我的日语老师说："你能考过，除非是奇迹，奇迹要是发生了，我请全班同学吃饭。"

然而，那时候，我已经遭受了一次英语四级的打击。我对自己说，我一定要很努力，证明他们是错的，证明我并非一事无成。更重要的是我知道，如果我再次失败了，也许以后我都不会成功了，我会成为一个暗淡无光的丑小鸭，我会成为我讨厌的自己。

天知道，我有多努力。

早上八点，其他同学刚从被窝里起来，我已经在自习教室背诵了一个半小时的单词。上课的时候，老师的每一个字我都不敢放过，课堂笔记也是密密麻麻，直到现在，回头翻看那本《日语基础》，我都能看到那时努力到闪闪发光的自己。我几乎不逛街，更别提买包了，我把所有的时间都用来啃语法、背课文，练听力。我喜欢记日记，但大学四年，我的日记全是日文的，虽然写得很吃力，但是每一篇我都会缠着我的外教帮我指导。晚上九点以前，我同样还在自习室，啃着厚厚的日语二级考试题。唯一的休息，是用电脑看电影，毫无疑问，是日文原声，日文字幕。

我深刻地记得，那时候陪伴我的是室友静静，谢谢她，能让我静静。

大一的冬天，我去北京大学考了日语二级。当然，我还是很有压力，舍友说，我各种给自己施压，结果未必好。

但是，那一次，我通过了。如你所知，并不完美，也不幸运。我考试的耳机出了问题，导致我的日语听力只有十几分（满分100分），然而阅读、单词、语法几乎都是满分，所以，我仍然通过了（感谢那时候日语考试还没有单科限分）。

那时候，我就知道，压力大又如何，心态不好又如何，考试过程不顺利又如何？只要你准备得足够好，好到没有一丝侥幸，好到在最不有利的情况下，也能从容应对。那么，你终能过得了自己这一关，也过得了别人那一关。

我经常对自己说，我不是幸运的人，所以不要幻想上苍眷顾。

想不被嘲笑，唯有一直努力奔跑。

我的自信就是这样一点一点被拽回来的。你看，没有别的办法。

我努力工作，绩效不错。我努力写书，虽未出头，但终会成功。我努力生活，日子还算可以。

时至今日，我想我可以肯定而且自信地对自己说一句：我没有变成我讨厌的自己。

然而，还有一些自卑，看起来匪夷所思。比如我的某同学。

在很多人看来，他应当属于人生赢家。拼爹有爹，拼颜值有颜值。

然而，他非常不快乐。国外留学归来之后，一心想投身销售管理的他，被父母安排在一家银行工作（而且不是柜台那么简单）。朝九晚五的铁饭碗，车子、房子、票子样样都不缺。

我等屁民不要太望尘莫及。

然而，他告诉我，他自卑。我当时心中一万头草泥马呼啸而过，大哥，你要闹哪样。

试问，你浑身上下，哪里看出自卑了？

我要有你这样的命，我一定拽到天上去。

他拍拍他的心，说这里自卑。所有人都觉得他是作的，矫情。

然而，他说了一句话。

“央央，你当初为什么那么自卑？不就是因为那种状态不是你想要

的吗？我也一样。自卑不自卑不是你们怎么看，而是我自己怎么想。”

然后，我就有点理解他了。就是这么没节操。的确，我当时铺天盖地的自卑，是因为我不喜欢那个孬种的自己。哪怕别人看来没什么大不了，然而，我还是不留余地地否定了自己。

他也一样。纵然外人看来繁花似锦。可是，在他心里，他现在的一切都是父母的人生。骄傲的应该是他的父母，而不是他。

出国留学是因为家里有钱，和成绩无关。

到银行工作，是因为他们家族整个都处于银行体系，人家看的是他爹以及他爹的爹的面子，和他努不努力一毛钱关系也没有。

他眼中的自己是什么样呢？

懦弱——不敢违逆父母的意思。

可怜——连自己对于工作的爱好，都不能随意选择。

失败——没成就，没理想，没情趣，与想象中的自己差着孙悟空的筋斗云。

所以，自卑这玩意儿，和有没有钱关系还真不大。关键还是取决于自我认可的程度。而，至于你会不会认可自己，我认为只取决于两样东西。

第一，你是不是过着自己想过的生活。

第二，你是不是变成了那个自己都稀罕的自己。

如果，以上两样，你都合格了。基本上你不会自卑。如果，都这样了，你还自卑，很可能，你抑郁了。

听说，某同学在工作之余和其他几个人投资了一个土特产品团购网站，经营得还不错。现在，他已经能得上天了。

所以，克服自卑，从改变不喜欢的生活开始。

不着急，时光你不用催，该来的我不推。

你那么优秀，
何必随随便便上条说翻就翻的破船

爱情的翻船，有时候，实在是迫于无奈啊。你不想草草嫁人，世俗不允许，你不想结婚生子，父母不允许。赶路赶得太急，很容易翻在阴沟里。你真的不必将就，最好的你们，最后会相遇。

这两年写过不少民国和古代女子，关于她们的谋生谋爱以及一生挣扎。

最近，编辑和我沟通，能不能写写你自己。我心想，我有什么可写的，既不倾国，又不殃民。

他说：平凡亦有平凡的可贵。比如，你们女人是怎么看待男人的？

我一听，挺来劲儿，平生爱好无几，唯男人、读书、挣钱而已（开个玩笑哈）。

所以，我立马搬来小板凳，穿上小马甲，嗑着小瓜子，来和大家聊一聊男人。

Part 1　女人一定要有男人吗?

我曾经和我老妈说，我这个人怎么样都无所谓的，单身或者结婚，要孩子或者不要孩子都无所谓。一切看机缘变化，听从内心诉求。反正我单身的时候，也是个快乐的2B。

我老妈还算开明，从未逼婚于我，她亦认为很多事情急不来。她对我说：一个女人还是要有男人。不然太孤单了。这是一个母亲对女儿发自肺腑的心疼，我心铭之。

然而，一个女人一定要有男人吗？这个问题，对于一个古代女子来说，答案是肯定的。

当时的男权社会里，女人是男人的附属品，大部分女人并无经济独立的基础。

但对于当下新时代的女性来说，不少人的答案是否定的。这个时代里，很多女人和男人一样，靠自己的双手与智慧，拼出一个小天下，甚至比男人更优秀。

她们不需要苟延残喘等待任何人的施舍。

我始终认为，男人对于女人的意义有三个：

第一，经济伴侣。

第二，性伴侣。

第三，精神伴侣。

第一条，置于当下，对独立女性来说，已经失效。

第二条，不往深处谈了。也不是所有人的选择了。

唯一能让女人放下戒备，飞蛾扑火的大概只能是第三条。

朋友嘟嘟是个大龄未婚女青年。目今，被各种人士劝婚，她很配合地去相亲，却绝不将就着结婚。

她说，每一次当她自己挣钱，自己旅行，自己烧一手好饭菜，甚至修个马桶换个灯泡都能自己解决的时候，她总在想，她还需要一个男人吗？

她无数次相亲，见识过形形色色的男人。通常几句聊天之后，对方就在心里过去了。因为太无趣了。

有人说她挑剔，有人说她患了单身癌，她连连摇头，不不不，我其实迫切地需要爱情。

对，是爱情，而不是男人。

对于女人来说，男人和爱情是不一样的。我需要爱情，这一点男人可以满足，但不等同于他是一个男人就能给我爱情。

徐志摩说过一句话：“我将于茫茫人海中访我唯一灵魂之伴侣，得之，我幸；不得，我命，如此而已。或得则吾生，不得则吾灭。”

几乎可以成为很多人对爱情的向往。

将这一向往实践得无比完美的是张爱玲的姑姑张茂渊，她固守单身78年，才嫁给了自己的初恋。虽然其中颇多周折，但终其一生，她的确不折不扣的不将就。

张爱玲也说过一句类似的：“于千万人中遇见你所要遇见的人，于千万年之中，时间的无涯的荒野里，没有早一步，也没有晚一步，刚巧赶上了，那也没有别的话可说，唯有轻轻问一句：‘哦，你也在这里么？’”

我无法代表任何人的意见。但，这是很多年里，我对爱情胼手胝足，孜孜以求的唯一理由。

对，不是为了改造后代基因，不是为了寻找固定ATM，不是为了搭乘阶层直升机。

而只是因为电光火石，心驰电掣间，忍不住感叹一句：我特么的不是一个人啊。

多好，这条披荆斩棘的人生路，我砍柴砍累了，淘宝淘腻歪了，一回头，发现你就在身边，我们还能来场关于情操的对话，我们还能把兴趣拼接到一块，让这场筚路蓝缕来得不那么无聊，行进的途中也不至于谁给谁添堵。

够了，真的够了，我想这是我需要一个男人最忠实的理由。其他的皆为基于此之上的点缀。

如果，在这之外，他很帅，很多金，很有地位，我真的一点都不介意好嘛（偷笑）。

谁说爱情一定是要跟着一个人吃糠咽菜，举目无望呢？

但又如果，他钱不多，人不帅，也没啥地位，我也真的没那么care，你怎么知道我们在一起过得不快乐呢？

对于女人来说，真的不是我们不想找个男人，我们只是有点贪心，希望他踩着祥云接我的时候，没忘记把爱情带上。

Part 2 我们需要结婚吗？

亦舒在《她比烟花寂寞》里，借徐佐子之口说过一段关于婚姻的话。

“维系婚姻有很多因素，有些人为求归宿，有些人为一张护照，也有人为爱情，为饭票，或为扬眉吐气，林林总总，数之不尽，关系千丝万缕，目的未达到之前，哪有那么容易分手。”

我们需要结婚吗？

需不需要，要看是不是有所求。

所以，问一句你需要结婚吗？不如问一句，你对婚姻有所图吗？两个人在一起，总要相互图点什么。

若非灵魂之相系，便用其他来代偿。要么有很多很多的爱和快乐，要么有很多很多的钱……

对于每一个女人来说，结婚的时候不妨问自己一句：我为什么要嫁给他。

也许答案是：我爱他，想被法律被世俗承认这份爱，嫁给他，我很快乐。也许答案是：我不爱他，但和他结婚后我的生活品质可以提高，我得到了我想要的。

也许答案是：我也不知道图什么，可是不结婚行吗？

我姐姐三十岁那年依然单身，全家所有亲戚，都比她迫不及待。但凡有点过得去的男人都想塞给她。年龄小？无所谓！长相差，无所谓！不喜欢，无所谓！赶紧嫁吧，再不嫁来不及了。

于是，她问自己。为什么要嫁。她找来找去只有一条理由：世俗的偏见与压力。她突然就想明白了，嫁不嫁，不怕了。她淡然回应：我知道自己在做什么。

总不至于为了当别人口中的正常女人，便潦草交付自己。如果后半生如噩梦般难醒，谁能负责。

去嫁想嫁的人，或者好，或者坏，总归用心选过。

她后来，还是嫁了，是一个自己等了很多年的人。

Part 3　嫁给爱情，还是金钱？

这的确是个问题。坦白说，这两者从不敌对，可以兼得而且没有定论。关键在于你想要什么。

有的人很爱很爱钱，有的人很爱很爱某个人。

但除此以外，更关键的是你要得到什么。

比如，我想要 TF 三小只，王凯、老胡与老霍都成为我的后宫。

可我要得起么我？

问问自己，当我们一无所有的时候，让别人为我们挥金如土，是不是有点强人所难。

世间万物，总要有个理由不是么？你想要很多很多的爱，凭什么？你想要很多很多的钱，凭什么？

永远不要相信所谓的莫名其妙爱上你。从来没有什么事情是不问缘由的。所以，如果有人问我，要钱，要爱？我会说：我想先赚钱，然后嫁给爱情，然后和那个人一起，继续赚钱。

说得高大上点：因为女人独立挣钱的本事，远比吊金龟婿的本事更让人激赏。

说得实在点：因为，这明显才是靠谱的节奏啊。我们早该明白：活得任性的能力一向是自己给自己的。

爱情也好，婚姻也好，都不能真正拯救我们什么。爱与幸福是一种能力，你可以独自拥有，也可以分享给别人。

男人，爱情，婚姻，三码事。

愿我们在爱不爱，嫁不嫁，要不要钱的问题上，都能想明白自己要的是什么。

愿大家都拥有幸福的能力。从不将就。